古代文史名著选译丛书

主编 章培恒 安平秋 马樟根

桃花扇选译

修订版

译注 张文澍

审阅 章培恒 段文桂

凤凰出版传媒集团 凤凰出版社

图书在版编目（CIP）数据

桃花扇选译 / 张文澍译注. -- 南京 : 凤凰出版社, 2011.5
（古代文史名著选译丛书）
ISBN 978-7-5506-0373-8

Ⅰ. ①桃… Ⅱ. ①张… Ⅲ. ①传奇剧（戏曲）—剧本—中国—清代 Ⅳ. ①I237.2

中国版本图书馆CIP数据核字(2011)第042237号

书　　名 桃花扇选译
译 注 者 张文澍
责任编辑 傅　扬
出版发行 凤凰出版传媒集团
凤凰出版社(原江苏古籍出版社)
南京市中央路165号　邮编 210009
发行部电话 025-83223462
集团网址 凤凰出版传媒网　http://www.ppm.cn
照　　排 江苏凤凰制版有限公司
印　　刷 江苏凤凰通达印刷有限公司
南京市六合区冶山镇　邮编 211523
开　　本 960×1304毫米　1/32
印　　张 7.5
字　　数 121千字
版　　次 2011年5月第1版　2011年5月第1次印刷
标准书号 ISBN 978-7-5506-0373-8
定　　价 15.00元

《古代文史名著选译丛书》修订版出版说明

呈献在读者面前的这套《古代文史名著选译丛书》是2011年的修订版。全书共134册，包括了中国从先秦至清末两三千年间的著名典籍。每部典籍都选其精粹(《论语》《老子》则全文收录)，收录原文，加以简明的注释，力求准确地译为现代汉语，并于每一篇之前写有对该文的提示性说明。这是近一个世纪以来，规模最大、收录种类相对齐全、译注质量较高的一套普及传统文化的今译丛书。

这套丛书，原在1992年—1994年由巴蜀书社分三批出齐，印行过万套；不久，又由台湾的出版机构买去海外版权在台湾及海外发行，可见这套丛书当年在两岸受欢迎的程度。时隔17年，丛书编委会决定重新修订，改由江苏凤凰出版集团所属的凤凰出版社出版。

这套丛书是由教育部属下的全国高等院校古籍整理研究工作委员会（简称古委会）于1985年策划的。古委会组织了全国18所大学的古籍整理研究所的所长任编委会编委，由我们三人任主编，在全国范围内选请学有专长的学者承担各书的译注。从1986年—1992年，历时7年完成。当时，编委会制订了严明、可行的体例和细则，译注者按要求完成书稿。每部书稿完成后，都在全国范围内请编委会之外的专门研究这一学术领域的两位专家初审，合格后再请两位编委参照初审意见审改，然后退还原译注者改正。待原译注者改正后，再由编委会集中常务编委和部分编委、相关专家在一地将每部书稿从头至尾审改。这样的集中审稿会一般都在8—15天，7年中开了12次审改会。审改后，三位主编再集中在一起逐一审定，交付出版社。这一工作程序，使得这套丛书的译注质量有了一定的提高。所以，这套丛书，在一定程度上是个人与多人合作的结果。关于这套丛书的编纂始末，我们曾在1992年4月全书交稿后写有一篇文章，这次附在修订版书末，便于读者了解。

这次修订，是交由原译注者自己修改。少数译注者已去世，则书稿一仍其旧。个别译注者已联系不上，也保持原貌。

1992年—1994年出版时，书前有当时古委会主任周林先生写的序。周林先生是这一丛书的发起者。他已于1997年6月去世，至今已14年了。为了尊重历史，也为了纪念他，修订版仍用他的序。

我们三人在1985年—1992年主持这套丛书工作时，年龄大的是从51岁到58岁之间，年龄小的是从44岁到51岁之间，那时尚有精力组织、参与这一工作，今天我们都已年逾古稀。全书修订版出版之际，心情似乎比当年更惴惴不安地期待着读者的评头品足，期待着不要对读者贻误太多。

回想这套丛书，真应该感谢我们的祖先为我们留下了这样深厚、丰富的思想、文化遗产，使我们今天仍然受用无穷。应该感谢这套丛书的全体译注者、审阅者、编委和当年的出版者巴蜀书社、今天的出版者凤凰出版社，是他们的学识、辛勤与真诚使得这套丛书得以面世。

章培恒　马樟根　安平秋

2011年3月15日

序

《古代文史名著选译丛书》与广大读者见面了。这是丛书编委会的同志与众多专家学者通力协作、辛勤耕耘的结果。

中华民族在五千年漫长的岁月里，创造了光辉灿烂的文化，给人类留下了丰富的精神财富。“观今宜鉴古，无古不成今”。今天，以马克思主义的科学理论为指导，整理研究我国古代文化典籍，做到汲取精华，剔除糟粕，古为今用，推陈出新，使人们在正确认识民族历史的同时，得到爱国主义的教育，陶冶道德情操，提高全民族的文化素质，促进社会主义文化的繁荣，使文明古国的历史遗产得以发扬光大，这是我们每个炎黄子孙的责任。而要做到这样，对古籍进行整理与研究是重要的基础工程。但是，整理与研究古籍仅作标点、校勘、注释、辑佚还不够，还要有今译，使老年人、中年人、青年人都愿意去读，都能读懂，以便从中得到教益。

基于以上认识，全国高等院校古籍整理研究工作委员会于1986年5月组成了以章培恒、安平秋、马樟根三位同志为主编的《古代文史名著选译丛书》编委会，确定了以全国十八所大学的古籍整理研究所为主力承担这一看似轻易、实则艰巨的今译任务。在第一次编委会议上，拟定了《凡例》、《编写与审稿要求》、《文稿书写格式》和一百余种书目。以每一种书为十万至十五万字计算，这套丛书大约有一千余万字，应该说是一项大工程。经过一年的努力，完成了第一批三十六部书稿的译注任务。在各研究所的专家与所长把关的基础上，于1987年5月和7月，先后在复旦大学、北京大学召开了部分编委参加的审稿会，通过了二十五部书稿，作为《古代文史名著选译丛书》与广大读者见面的第一批作品。与此同时，在1987年7月6日，邀请了在京的十几位专家教授与编委会十几位编委一起座谈这套丛书与古籍今译的问题。专家们肯定了今译工作的必要性与深远意义，并以他们数十年的教学科研和创作的经验，说明今译是一项难度很大的工作，是培养人才，使之打下坚实基本功的一种有效方法；专家们还对《古代文史名著选译丛书》提出了宝贵的建议，这对当时的审稿工作和保证《丛书》的质量起了很好的作用。

实践证明，古籍的今注不易，今译更难。没有对作品的深入、透彻的研究，没有准确、通俗、生动的语言表达能力，要想做好今译是不可能的。两年多来，全国高等院校古籍整理研究工作委员会在探索古籍的今注、今译的道路上，做了一些工作。这部丛书的出版，是系统今译的开始，说明古籍整理研究工作有了新的进展。更可喜的是，一批中青年学者参加了今注今译工作，为古籍整理增添了新生力量，相信他们会在实践中，在学习中，成长成熟。我希望，这套丛书的编委会和高校各古籍整理研究所要敞开大门，加强同国内外专家学者的联系，征求他们和广大读者的意见，并向有真才实学而又适宜做今译工作的专家学者约稿，以提高古籍译注的水平，使《古代文史名著选译丛书》的第二批、第三批作品的质量更上一层楼。

这是一套以文史为主的大型的古籍名著今译丛书。考虑到普及的需要，考虑到读者对象，就每一种名著而言，除个别是全译外，绝大多数是选译，即对从该名著中精选出来的部分予以译注，译文力求准确、通畅，为广大读者打通文字关，以求能读懂报纸的人都能读懂它。我希望这套丛书能成为中小学教师的语文、历史教学的参考书，成为大专院校学生的课外读物，成为广大文史爱好者的良师益友。由于系统的古籍今译工作还刚刚起步，这套丛书定会有不少缺点、错误，也诚恳地希望读者批评指正。

巴蜀书社要我为这套丛书写序，我欣然接受了。我相信这套丛书不仅会使八十年代的人们受益，还将使子孙后代受益，它将对祖国的繁荣昌盛起到点滴的作用。最后借此机会向曾给予我们支持、帮助的专家学者和巴蜀书社的同志表示衷心的感谢！并殷切地希望台湾同胞、港澳同胞、海外侨胞和我们一同做好祖先留给我们的文化遗产的整理工作，为中华民族灿烂的文化再放异彩而努力！

周　林

1987年10月于北京

目　录

前　言

《桃花扇》产生于清朝初期。那时，清朝刚刚统一中国几十年；社会上亡明的"遗民"还大有存者。他们感念前朝政治的兴衰得失，纷纷从不同角度对此予以探究、总结。《桃花扇》就产生于这样的历史背景之下。它继承了明代传奇反映生活、批判现实的优秀传统，深刻揭示了明末清初两个朝代政权递嬗时期的各种社会矛盾，并在这个阔大的舞台上，生动地塑造了若干历史人物形象，成为当时成就最高的戏曲代表作品之一，也成为中国古典文学艺术宫殿中的一件珍品。

公元 1644 年，李自成农民起义军攻占北京，推翻了明王朝的统治。不久，明朝降将吴三桂勾结清军打进关里。同年，凤阳都督马士英等人联合一部分官僚、军阀和政客，在南京拥立福王朱由崧登基，建立起偏安的南明王朝。本来，清军初得中原，立足不稳，各地人民的反抗仍未止息，南明王朝则还保有相当的军事实力，以及江、浙广大的经济发达地区，倚仗着长江天险，应当有所作为。但是，才及一年，这个小朝廷就在清军急如风暴的军事进攻下覆灭了。这是为什么呢？作者在《桃花扇》里对此做了形象的剖析。

首先，南明王朝的最高统治集团腐朽、专制，丝毫没有振兴求存、徐图恢复的气概。新即位的弘光皇帝乃是个不问朝政、专一追逐声色犬马的“妙龄君”，登基伊始，就把广征艺人、歌妓，教演《燕子笺》传奇，当成一件“心事”，倒把收复失地、挽救危亡忘了个一干二净。窃居高位的马士英、阮大铖等人做尽伤天害理的坏事。在国家危难之际，他们非但不忧虑这个政权风雨飘摇、危机四伏的前途，反而庆幸“幸遇国家多故，正我辈得意之秋”。心心念念惦记着“一旦神京失守，看中原逐鹿交走。捷足争先，拜相与封侯，凭着这拥立功大权归手”。他们的所作所为，加快了弘光朝的灭亡。

其次，明代中后期以来，统治阶级内部东林党人与阉党及一部分大官僚的斗争一直很尖锐。明末，由进步文人结成的复社继承和发扬东林党的政治传统，坚持斗争，要求革新政治，驱逐阉党余孽。他们就成为以马士英为首的南明上层统治集团的肘腋之患，必欲尽行根除而后快。在“逮社”一出戏中，我们可以看到这一斗争的残酷性。统治集团动辄动用特务机构——锦衣卫镇抚司抓人，缇骑横行，弄得人人自危。这分明是明代中叶以来宦官特务黑幕政治的继续。这种极端专制、倒行逆施的结果，使南明统治阶级完全丧失了变革自身政治的一线生机，终于不可逆转地走向衰败、灭亡。

第三，在军事上，南明王朝虽然还拥有相当的军事实力，但由于权贵的操纵和将领们的内讧，绝大部分力量都在内部消耗掉了。“和战”一出戏最为典型。南明王朝在防务上倚重的高杰、黄得功、刘良佐、刘泽清四镇武将，竟为争座次这样的区区小事大动干戈。当然，他们如此热衷于内战的真实目的，还在于争夺繁华富庶的扬州城。再如，“沉江”一出戏中，清军如此轻易便攻破扬州，就和马士英、阮大铖调黄得功、刘良佐、刘泽清堵截左良玉军队东下，致使千里江防空虚密切相关。正是权贵们视国家命运如同儿戏，将军们勇于私斗，怯于公战，使得上层统治者中唯一比较清醒的人物史可法疲于安抚、调停内乱，无力真正领导好防御大事。清军已兵临扬州城下，身为内阁大学士兼兵部尚书的史可法手下仅有三千老弱残兵，又怎么能不失败呢？

第四，复社是全戏着力讴歌赞颂的正面人物群体，实际上，主要是由一批进步文人结成的政治组织。他们虽想有所作为，试图挽救明朝衰颓的国运，但是既没有可依靠的力量，也缺乏应有的素质。比如，复社的代表人物之一侯方域，在“朝政日非”的情况下，还在流连声色，一心想着“梳栊”秦淮名妓李香君；在他与李香君的婚姻涉及阮大铖时，也一味表现出妥协、软弱、丧失原则，倒是在李香君的一步步推动下，才逐渐坚定起来。复社文人同情和支持史可法这样比较正直、有见地的官员，但他们在昏庸的弘光帝和权奸马士英等的疏斥和倾轧下，并不可能真正发挥什么作用。何况清军很快就挥师南下，使南明王朝已没有苟延残喘的余地。

作者写这出戏是“借离合之情，写兴亡之感”，借以达到“惩创人心，为末世之一救”的目的。为此，他注重历史材料的搜集、研究和运用。戏中主要人物和许多重要情节，都是“实事实人，有凭有据”。但是，戏曲作品不是历史教科书。作品中所有重要历史事实的交代都是通过情节和人物性格的发展，即侯方域和李香君悲欢离合的爱情故事，自然地表现出来的。他对若干史料做了重大的、合乎逻辑的剪裁和改动，使之符合作品的需要。

《桃花扇》的女主角李香君原是明末南京秦淮河的名妓。在侯方域所作的《李姬传》里，她的原型李香君仅在力劝侯生断绝与阮大铖相交一节描写中粗具性格；而到了《桃花扇》中，她已经是一位色艺非凡、温柔多情，又富于正义感、勇敢、坚毅的女性形象了。李香君生长在一个比较特殊的环境里，曾接触过复社领袖人物张天如、夏彝仲等人，并得到他们的赞赏。教她唱戏的师傅苏昆生，也是在复社声讨阮大铖以后，坚决离开阮家，来教她唱曲的。当时，复社提出的比较进步的政治主张，得到东南地区人民的广泛拥护，复社文人也受到包括青楼女子在内的下层群众的敬重。基于这样一种思想生活基础，李香君与侯方域结合以后，一旦发现阮大铖、杨文骢做的圈套，本能地退银、脱衣、解钏，是在情理之中的。“却奁”一出戏的意义，即在于它反映出当时秦淮歌妓和复社文人的关系：男女双方除去在才华、容貌上相互倾慕外，在政治态度上也是互相影响的，其中，李香君的坚定性比侯方域更高一筹。

李香君大义“却奁”，成为侯方域的“畏友”，受到复社文人的普遍尊敬，但同时也就为阮大铖所刻骨嫉恨。因此，当马士英、阮大铖和杨文骢为同党，新任漕抚田仰议婚时，杨文骢一提秦淮名妓李香君，马士英、阮大铖立即赞同催办。这是符合那群荒淫无耻的官僚们的刻毒报复心理和生活本性的。

这样一来，逼嫁、守楼，形势逐步自然而然地把李香君推向政治斗争的旋涡中心。与此同时的另一条线索是，弘光皇帝诏令教演《燕子笺》传奇，强征李香君入宫，从而为她面斥马士英、阮大铖提供了机会。

李香君为了恪守盟约、忠于理想，不惜血溅宫扇；头伤刚平复，又被抢进宫唱戏。作品明白地指出，她的不幸遭遇，是腐朽透顶的南明王朝造成的；换言之，从她的不幸遭遇中，南明王朝的腐朽暴露无遗。一层层残酷的欺凌，一次次压抑的怒火，至“骂筵”一出戏，终于引发了一场激烈的矛盾冲突。整个剧情走向高潮。

堂堂列公，半边南朝，望你峥嵘。出身希贵宠，创业选声容，后庭花又添几种。把俺胡撮弄，对寒风雪海冰山，苦陪觞咏。

——[五供养]

东林伯仲，俺青楼皆知敬重。干儿义子从新用，绝不了魏家种。冰肌雪肠原自同，铁心石腹何愁冻。吐不尽鹃血满胸，吐不尽鹃血满胸。

——[玉交枝]

这鞭辟入里、掷地有声的斥责，是当时广大人民通过李香君这个备受南朝统治集团迫害的青楼女子之口，对马士英、阮大铖之流的有力鞭挞。从唱词中还可以看出，她的恨，绝少个人恩怨，都是国家、民族之恨，但其口气仍然出自一个普通女子。

李香君的形象是丰满的、光彩照人的，但绝不是简单的“横眉立目”式。她全部行动的原因都来自生活感受的积累，特别是与侯方域的际遇。这些积累和际遇又给她提供了精神上的慰藉与支持。在“寄扇”一出戏里，我们可以从李香君那悲戚、凄凉的唱词中体味到她性格中柔弱的一面。在同一出戏里有这样一段对话：

杨文骢：你有这柄桃花扇，少不得个顾曲周郎；难道青春守寡，竟做个入月嫦娥不成？

李香君：说那里话。那关盼盼也是烟花，何尝不在燕子楼中关门到老！

苏昆生：明日侯郎重到，你也不下楼吗？

李香君：那时锦片前程尽俺受用，何处不许游耍，岂但下楼？

这说明李香君甘受种种磨难，正是为了她所憧憬的美好前景。只有这样理解，李香君才是一个有血有肉、活生生的人物形象。

作者塑造侯方域的形象，也是煞费了一番苦心的。历史上的侯方域，曾一度挥霍落拓、流连诗酒声色，特别是入清以后，曾于顺治八年(1651)参加河南乡试，被前人视为变节。另外，历史上提出福王七不可立之说、为史可法调停四镇武将关系的都是别人。作者对此加以增删熔铸，目的是写出一个理想的侯朝宗，使之适合作品的主题。如上文所述，作者并没有避讳侯方域性格中软弱的一面，也描写了他最初和李香君交好不过出于名士风流，借以消遣春愁。但是，作者详尽描写了由于马士英、阮大铖的专权、四镇武将的恣行，他本人既不可能在政治上施展抱负；他寄予厚望的史可法也不可能重振明朝；李香君对他的一切期望最终只能归于幻灭。因此，侯、李爱情的悲剧，更多的是社会的悲剧。

《桃花扇》塑造反面人物的成就，集中体现在马士英、阮大铖两个形象上面。作品将马士英作为一个因缘时变，阴险与擅权的奸相来写，突出了他的野心、权谋和虚伪。在“迎驾”一出戏里，他登场伊始，即竭力操持迎立福王称帝，其目的正如他在[番卜算]曲中所唱：“捷足争先，拜相与封侯，凭着这拥立功大权归手。”同时，他在向阮大铖面询四镇武将对立福王为帝的态度，以及阮大铖去浦口“见驾”上“劝进表”时，他考虑、安排得细密有致，显示出巨奸大猾的城府和谋略。从这个角度讲，马士英所以能爬到出将入相、权倾一时的显赫地位，正与他那贪婪的野心、狡诈的谋略和周密的处事分不开。一旦大权在握，马士英一方面排斥史可法等异己力量，安插党羽，干尽蝇营狗苟之事；另一方面，还会“做”出清正、大度的表象来沽名钓誉。譬如“骂筵”一出戏中，明明是阮大铖、杨文骢布置好酒色声歌，曲意逢迎他；他偏要故意骂道：“可笑一班小人，奉承权贵，费千金盛设，十分丑态，一无所取，徒传笑柄。”甚至假装正经，批评和他本是一路货色的严嵩“吃了奉承的亏”，被“赵文华辈奉承坏了”。即使被李香君骂了个狗血淋头，他也不过分形于辞色。因为他深深懂得，在这个官僚社会，他可以借刀杀人，完全不必为一介风尘女子血污了自己的双手。马士英的形象，乃是中国封建社会的权贵们绝妙的缩影和写照。

作品塑造阮大铖，则更突出他小人得志和阴险毒辣的特点。作品开头，阮大铖还是个涉嫌魏党案被免黜的“废员”，备遭舆论讥弹，复社文人甚至“大肆殴辱”过他。为了摆脱窘境，他不惜屈己下人，又是托杨文骢助妆助资，结交侯方域；又是投靠马士英，积极参与迎立之事。将要去“迎驾”时，他连官服都没资格穿，只得“权充个赍表官”。对此，他毫不掩饰地说："大丈夫要立功业，何所不可，到这时候还讲刚方么？"还喜孜孜地唱道："拚余生寒灰已休，喜今朝涸海更流；……牛马风尘，暂屈何忧，刀笔吏丞相根由；人笑骂，我不羞。""迎驾"中［前腔］（催拍）曲活脱脱一副无道义、无廉耻的丑腔恶态！而在"逮社"一出戏中，他刚爬上兵部侍郎的宝座，就身着"钦赐蟒玉"、"大轿拜客"，洋洋自得之色溢于言表，大有久屈浅水、一朝升天之概。一见复社文人侯方域、陈定生、吴次尾，他立刻表现出刻毒的复仇心理，他质问三人：

【剔银灯】堂堂貌须长似帚，昂昂气胸高如斗。（向小生介）那丁祭之时，怎见的阮光禄难司笾和豆？（向末介）那借戏之时，为甚把《燕子笺》弄俺当场丑？（向生介）堪羞！妆奁代凑，倒惹你裙钗乱丢！

官报私仇，此其时也，阮大铖处心积虑，藉口"复社逆党"案，传令缇骑，系之入狱。他幸灾乐祸地唱道："传缇骑重兴狱囚，笑杨左今番又休！"应当指出的是，阮大铖公报私仇和马士英等权贵擅权营私、排除异己的根本利益与打击对象是一致的，因而他是权贵们的得力帮凶。正是因为阮大铖的倒行逆施,“逮社”整出戏都笼罩着奸党肆虐的妖氛。阮大铖就是制造妖氛的人间魑魅。

《桃花扇》还善于用寥寥数笔,勾勒出人物性格的某些特点。李贞丽的形象就是个例子。李贞丽疼爱李香君,也中意侯方域,但她毕竟是妓院鸨母。因此,当李香君“却奁”之后,她连呼“可惜”,抱怨李香君“金珠到手轻轻放,惯成了娇痴模样,辜负俺辛勤作老娘”。直到侯方域答应照样赔上,她才宽慰地感到“这样才好”。李贞丽“爱财”,初看似乎有些鄙俗;但仔细分析,她作为一个长期经营妓院的鸨母,这样做是符合其特定性格的,因而是合情合理的。

除去人物的塑造、史实的熔铸提炼以外,《桃花扇》在戏剧艺术的其他方面也取得了高度成就。在戏曲结构方面,原作共分四十四出,头绪纷繁,侯、李爱情与政治斗争,冷场与热场,文戏与武戏时而并行交代,时而交错发展,有条不紊。仅就选译的九出戏来看,便至少包含了这样几条线索:侯、李爱情;侯、李与马、阮的矛盾;上层统治者的糜烂、腐朽;军队将领之间的内讧;复社与阉党的冲突;明、清的军事对立。对所有线索的发生、发展、结局，作品都做了合理的安排和清楚的交代。

特别应当指出的是，作者抓住“桃花扇”这一主要线索，以之贯穿全戏，是大有深意的。定情诗扇是侯、李爱情的信物，而当马士英、阮大铖一伙迫害她时，她又以诗扇为武器，奋力反抗，甚至以死守楼、血溅诗扇。诗扇成了具有爱情和政治斗争双重意义的象征。随后，又以桃花扇为家信，引出侯方域千里相会李香君，二人在栖霞山道观不期而遇。最后，道士张瑶星撕毁桃花扇，象征两人姻缘断绝，侯、李双双出家。一把小小的扇子，竟把如此众多的情节和人物有机地联系在一个故事里，令人不能不赞叹其“穿针引线”的巧妙。

《桃花扇》的语言艺术也是成功的。作者在原书“凡例”中说：“词曲皆非浪填，凡胸中情不可说，眼前景不能见者，则借词曲以咏之。……若应作说白者，但入词曲，听者不解，而前后间断矣。”意思是凡描写人物的环境和内心活动时运用词曲，而一般事实、情节的叙述，则运用说白。此外，曲词、说白也基本与剧情和人物性格一致。如“眠香”一出戏曲词艳冶温柔的情调，“沉江”一出戏曲词悲壮激昂的风格都是十分明显的。而上文提到的"骂筵"一出戏中李香君唱的[五供养]、[玉交枝]等几支曲，更无不令人如见其人，如闻其声。

《桃花扇》的思想、艺术成就是多方面的，但由于这本书只是一个选本，所以，以上主要是就选入的部分作品做一些必要的分析；对未选入的部分，除"逮社"外不过多地涉及。

《桃花扇》是三百年前文人写的作品，因而不可避免地带有某种历史的、阶级的局限性。最明显的，是"入道"一出戏。作者有意把这出戏作为全戏的结局，并刻意渲染浓郁的宗教气氛，安排侯方域和李香君彻悟撒手，皈道出家，固然表现了深深的故国之思，但他通过亡国这一沧海桑田的巨变，却得出万事皆空、出家以逃避现实的消极结论仍是十分明显的。在艺术形式上，作者强调"宁不通俗，不肯伤雅"，使人阅读作品时，有典雅有余，生动不足的印象，觉得不如关汉卿、王实甫等元代戏曲作家的作品酣畅自然。

中国有句俗话，"读其书，想见其为人"。《桃花扇》是这样一部动人的作品，读者不禁希望了解一下作者的情况。

孔尚任(1648—1718),字聘之,又字季重,号东堂,别号岸堂,自号云亭山人;山东曲阜人,是孔子六十四代孙。他少年时代即受到明末爱国诗人贾凫西的影响,在曲阜县北的石门山读书时,就已博采遗闻,准备写一本反映南明一代兴亡的戏曲。1684年,康熙皇帝南巡回京途中,到曲阜祭孔。孔尚任被荐举在“御前”讲经,受到褒扬,当上国子监博士,后入京。1686年,他随工部长官到淮阳主持疏浚黄河海口工程期间,结识了明遗民冒辟疆、邓孝威、杜于星、僧石涛等人。在扬州登梅花岭,拜史可法衣冠冢。在南京登燕子矶,游秦淮河,过明故宫,拜明孝陵,还到栖霞山白云庵访张瑶星道士。这些经历不但加深了他对南明亡国的感慨,并为《桃花扇》的创作积累了丰富的素材。1699年,他在任户部主事五年以后,升任广东司员外郎。他苦心经营十余年的《桃花扇》就在这一年完成了。这部戏曲一出现,就以其巨大的感染力吸引了广大读者和观众。据说,一些明朝的故臣、遗老观看《桃花扇》,重新勾起亡国亡家之痛,一时“灯灺酒阑,唏嘘而散”。这年秋天,康熙帝派人向孔尚任索去了《桃花扇》稿本。第二年春天,他就被罢官了,具体原因不清，有人认为这很可能和《桃花扇》有关。

1702年冬天，孔尚任回到曲阜石门山老家。过了六七年，《桃花扇》靠他友人的帮助，才得以刻板印行。至十多年以后的康熙五十七年(1718)春天，孔尚任在家乡逝世，享年七十岁。

孔尚任身后，留下了与顾彩合著的《小忽雷》传奇一种，以及诗文集《湖海集》、《岸堂集》、《长留集》等著作。这些都是研究这位杰出作家的重要文献资料。

我们选译这部作品时，兼顾了故事情节完整与保留传统名篇二者的一致性。对于未选入部分与选入部分的内在关系，以及译注部分中较难理解的内容，在每出戏前面的“提要”里说明。注释偏重解释历史、典故、名物制度和难懂的句式、词语，但除必要者外，不解释官职名称，不串讲句子；译文力求通俗、晓畅，保持原作韵味特色。原作的“小引”、“小识”、“本末”、“凡例”、“考据”、“纲领”等附加文字一律不收，仅将“纲领”(人物表)加以改动后，按照在选译部分中出场的正、反面人物及其重要性排列成表，置于正文前面，以助读者正确了解戏中人物关系。对选译部分中个别不健康的语句，做了必要的删除。

在译注工作中，原文部分参考了王季思、苏寰中、杨德平三位先生的《桃花扇》合注本；特别值得提出的是，业师北京师范大学李修生教授亲自审阅全稿，并对多处译、注文字亲自动手作了修改。在此，一并深致谢忱。

由于学识疏浅，译注中一定会有不当之处，诚望师长、读者不吝赐教。

张文澍（北京师范大学古籍与传统文化研究院）

人　物　表

李香君——秦淮歌妓，旦扮。

侯方域——字朝宗，复社进步文人领袖，生扮。

史可法——字宪之，号道邻，南明内阁大学士兼兵部尚书，外扮。

黄得功——四镇武将之一，末扮。

柳敬亭——著名说书艺人，丑扮。

苏昆生——李香君的音乐教师，净扮。

陈定生——字贞慧，复社进步文人，末扮。

吴次尾——字应箕，复社进步文人，小生扮。

李贞丽——秦淮河妓院鸨母、李香君的假母，小旦扮。

老赞礼——南京太常寺赞礼，副末扮。

丁继之——清客，副净扮。

沈公宪——清客，外扮。

张燕筑——清客，净扮。

卞玉京——秦淮歌妓，老旦扮。

寇白门——秦淮歌妓，小旦扮。

郑妥娘——秦淮歌妓，丑扮。

马士英——字瑶草，南明内阁大学士，净扮。

阮大铖——字集之，号圆海、石巢、百子山樵，南明兵部尚书，副净扮。

杨文骢——字龙友，南明右佥都御史，马士英的妹夫，末扮。

刘良佐——四镇武将之一，净扮。

刘泽清——四镇武将之一，丑扮。

高杰——四镇武将之一，副净扮。

保儿、长班、士兵、差役、校尉、道士、村民等。

眠　　香　癸未三月

“眠香”选自原作第六出。这出戏初看比较平淡，而且似落入封建文士流连诗酒声色的俗套；但是，侯方域与李香君悲欢离合的“姻缘”肇始于此，戏中侯方域题诗其上并赠给香君的宫扇，以后一再构成多出戏中的重要关目，最终也成为全剧主题立意所在。杨龙友代阮大铖助侯、李婚嫁之资，又紧承前面的戏，把东林、复社进步文人与阮大铖等阉党余孽之间政治斗争的端绪，引入侯、李的关系之中，使侯、李关系形成家事和国事的交汇点。这就为故事在后来错综复杂地展开，做了必要的交代和铺垫。侯方域作为文人、名士，开始确实是因科考不第、事业无成，在寂寞无聊中慕李香君的名色而欲与之交好的。但是，在日后艰难、严酷的岁月中，围绕着和侯方域的关系，李香君这位沦落风尘的娇弱妇女，却逐渐显示出可贵的情操和人格，侯方域也随之有所提高。

【临江仙】（小旦艳妆上）短短春衫双卷袖，调筝花里迷楼①。今朝全把绣帘钩，不教金线柳，遮断木兰舟②。

妾身李贞丽③，只因孩儿香君，年及破瓜④。梳栊无人⑤，日夜放心不下。幸亏杨龙友，替俺招了一位世家公子⑥，就是前日饮酒的侯朝宗，家道才名，皆称第一。今乃上头吉日⑦，大排筵席，广列笙歌，清客俱到⑧，姊妹全

① 迷楼：隋炀帝杨广曾称赞他新成的一座华丽宫殿说："仙人到此也会着迷！""迷楼"之名即由此而来。此处是借以形容李香君所居媚香楼的绮丽。 ②"不教"二句：表达李贞丽急切盼望新郎侯方域来临的心情。木兰舟，是用木兰树做材料制成的船。 ③ 妾：此处是李贞丽自称。 ④ 破瓜：瓜字可以分割成二八字，故古人习称女子十六岁为破瓜之年。 ⑤ 梳栊：娼家处女头一次接客称为梳栊，也称上头。 ⑥ 世家：古代称世代显贵的家族为世家。 ⑦ 上头：娼家女子第一次接客。 ⑧ 清客：旧社会在权势富贵之家帮闲凑趣的门客。

来，好不费事。(唤介)保儿那里[1]？(杂扮保儿扇扇慢上)席前搀趣话，花里听情声。妈妈唤保儿那处送衾枕么[2]？(小旦怒介)啐！今日香姐上头，贵人将到，你还做梦哩。快快卷帘扫地，安排桌椅。(杂)是了。(小旦指点排席介)

【一枝花】(末新服上)园桃红似绣[3]，艳覆文君酒[4]；屏开金孔雀，围春昼[5]。涤了金瓯[6]，点着喷香兽[7]。这当垆红袖[8]，谁最温柔，拉与相如消受[9]。

下官杨文骢，受圆海嘱托，来送梳栊之物。(唤介)贞

---

① 保儿：妓院的厮役。 ② 送衾（qīn 亲）枕：嫖客叫妓女外出陪伴宿夜，妓院中要把她的枕头被子送去。 ③ 红似绣：红得像是丝线绣出来的。 ④ 文君酒：相传汉代富商卓王孙之女卓文君与司马相如私奔后，因家贫在四川临邛市上当垆卖酒。 ⑤ “屏开”二句：相传隋朝窦毅在屏风上画了两只孔雀，让前来求娶他女儿的人比试箭术；暗约，把女儿嫁给射中孔雀眼睛的人。后为唐高祖李渊射中，于是娶走了窦毅的女儿。这两句在此处语涉双关。一面是说：在这春昼，室内用孔雀屏围护着，屏上的孔雀正在开屏；另一面则用窦毅的典故来暗示侯、李的姻缘。 ⑥ 金瓯：金杯。 ⑦ 喷香兽：兽形香炉。香点燃后烟从兽嘴内散出。 ⑧ 当垆红袖：本指卓文君，这里借指像卓文君那样美丽多情的女性。垆是酒店中放置酒瓮的土墩子，卖酒的人坐在垆旁，称为当垆。 ⑨ 相如：司马相如，借指侯方域。

娘那里？（小旦见介）多谢作伐①，喜筵俱已齐备。（问介）怎么官人还不见到②？（末）想必就来。（笑介）下官备有箱笼数件，为香君助妆，教人搬来。（杂抬箱笼、首饰、衣物上）（末吩咐介）抬入洞房，铺陈齐整着③！（杂应下）（小旦喜谢介）如何这般破费，多谢老爷！（末袖出银介）还有备席银三十两④，交与厨房，一应酒肴，俱要丰盛。（小旦）益发当不起了。（唤介）香君快来！（旦盛装上）（小旦）杨老爷赏了许多东西，上前拜谢。（旦拜谢介）（末）些须薄意，何敢当谢，请回，请回。（旦即入介）（杂急上报介）新官人到门了。（生盛服从人上）虽非科第天边客⑤，也是嫦娥月里人。（末、小旦迎见

---

① 作伐：即说媒。《诗经·豳风·伐柯》说："伐柯如何？匪斧不克。取妻如何？匪媒不得。"用做工必须使用适当工具来比喻男女婚配必须通过媒人说合，故后世常以作伐、执伐等词语喻代做媒。 ② 官人：古时妻子对丈夫的称呼。这里其他人也如此称呼侯朝宗，都是指其身份而言。 ③ 铺陈：铺摆陈设。 ④ 备席：置办酒席。 ⑤"虽非"二句：唐、宋以来，中国的封建朝廷都通过科举考试选拔官吏，所以当时的读书人称"金榜题名"为"登龙门"，深以为荣。嫦娥本是月中女神，古时，人们常把她当做美人的典型来吟讴描绘。侯方域在科举落第时和以色艺著称的南京名妓李香君结合，因此借这些话表达他的心情。

介）（末）恭喜世兄[1]，得了平康佳丽[2]；小弟无以为敬，草办妆奁[3]，粗陈筵席，聊助一宵之乐。（生揖介）过承周旋，何以克当。（小旦）请坐，献茶。（俱坐）（杂捧茶上，饮介）（末）一应喜筵，安排齐备了么？（小旦）托赖老爷，件件完全。（末向生拱介）今日吉席、小弟不敢搀越，竟此告别，明日早来道喜罢。（生）同坐何妨。（末）不便，不便。（别下）（杂）请新官人更衣。（生更衣介）（小旦）妾身不得奉陪，替官人打扮新妇，撺掇喜酒罢[4]。（别下）（副净、外、净扮三清客上）一生花月张三影[5]，五字宫商李二红[6]。（副净）在下丁继之。（外）在下沈公宪。（净）在下张燕筑。（副净）今日吃侯公子喜酒，只得早到。（净）不知请那几位贤歌来陪俺哩[7]。（外）说是旧院几个老在行[8]。（净）这等都是我梳栊

① 世兄：旧时对同辈世交（如父亲的学生、老师的儿子等）的称呼。有时对辈分较低的世交也尊称为世兄。 ② 平康佳丽：平康，唐代长安丹凤街有平康坊（也叫平康里），是妓女聚居的地方，故旧时以平康泛称妓女居住的地方。佳丽，美人。 ③ 妆奁：嫁妆。 ④ 撺掇（cuān duo 汆多轻声）：原为怂恿意，这里作催促、准备解。 ⑤ 张三影：即北宋词人张先。他因所作词中有三句带影字的名句而得此名。 ⑥ “五字”句：五字宫商，即宫、商、角、徵（zhǐ 止）、羽；李二红，疑即元代曲家红字李二。 ⑦ 贤歌：歌即歌妓；贤是宋元以来称呼下辈人的一种敬语。 ⑧ 旧院：秦淮河歌妓聚居的地方。前面对着武定桥，后门在钞库街，与贡院隔江相对。在行：内行。

的了。(副净)你有多大家私,梳栊许多。(净)各人有帮手。你看今日侯公子,何曾费了分文。(外)不要多话,侯公子上堂更衣,大家前去作揖。(众与生揖介)(众)恭喜,恭喜!(生)今日借光。(小旦、老旦、丑扮三妓女上)情如芳草连天醉,身似杨花尽日忙。(见介)(净)唤的那一部歌妓,都报名来。(丑)你是教坊司么①,叫俺报名。(生笑介)正要请教大号。(老旦)贱妾卞玉京②。(生)果然玉京仙子③。(小旦)贱妾寇白门。(生)果然白门柳色④。(丑)奴家郑妥娘。(生沉吟介)果然妥当不过⑤。(老旦)官人在此,快请香君出来罢。(小旦、丑扶香君上)(外)我们作乐迎接。(副净、净、外吹打十番介⑥)(生、旦见介)(丑)俺院中规矩,不兴拜堂,就吃喜酒吧。(生、旦上坐)(副净、外、净坐左边介)(小旦、老旦、丑坐右边介)(杂执壶上)(左边奉酒,右边吹弹介)

---

① 教坊司:隋唐以来掌管乐舞和乐户承应事宜的机构,至清废止。 ② 卞玉京、寇白门、郑妥娘,都是明清之际南京的名妓。 ③ 玉京:道教称天帝所居之处为玉京。 ④ 白门柳色:古乐府《杨叛儿》:"暂出白门前,杨柳可藏乌。"此即用其诗意。借以称赞寇白门清丽如白门春柳。白门本是南北朝时建康城的西门,明代永乐以后,建康才改称南京,此处是以白门代指南京。 ⑤ 以下略角色、介、白共三十二字。 ⑥ 十番:一种乐器合奏。

【梁州序】(生)齐梁词赋,陈隋花柳,日日芳情迤逗①。青衫偎倚,今番小杜扬州②。寻思描黛③,指点吹箫④,从此春入手。秀才渴病急须救⑤,偏是斜阳迟下楼,刚饮得一杯酒。

(右边奉酒,左边吹弹介)

【前腔】(旦)楼台花颤,帘栊风抖,倚着雄姿英秀。春

①"齐梁"三句:意谓自己天天为写作齐、梁词赋那样的作品,受春天自然景色的吸引而芳情迤逗。齐梁词赋,大抵文词清丽而情致缠绵。陈隋花柳,以花柳隐喻春天景色,因当地是陈的故都,陈又为隋所灭,故连类而及,称当地花柳为陈隋花柳。迤逗,勾引、撩拨的意思。 ②小杜扬州:小杜即晚唐诗人杜牧。人们以此名将他别于称为老杜的盛唐诗人杜甫。杜牧曾在扬州任牛僧儒手下节度书记。当时,扬州娼楼林立,杜牧常出入其中,并写有"十年一觉扬州梦,赢得青楼薄幸名"的诗句。这句词是侯方域引杜牧来比喻自己少年风流。 ③描黛:即画眉。汉代张敞曾为其妻子画眉。 ④吹箫:这里用萧史、弄玉的典故。萧史是仙人,善吹箫;秦穆公女儿弄玉(春秋时人)也善吹箫,其后二人结为夫妇。见《列仙传》。 ⑤秀才:侯方域自指。渴病:用司马相如的典故。司马相如有消渴病(即糖尿病,因患者常觉干渴,故称"消渴")。此处既自拟相如,又以"渴病"来暗示其渴望(与李香君单独相处)已到不可忍受的程度。

情无限，金钗肯与梳头[1]？闲花添艳，野草生香，消得夫人做[2]。今宵灯影纱红透，见惯司空也应羞[3]，破题儿真难就[4]。

（副净）你看红日衔山，乌鸦选树，快送新人回房罢。（外）且不要忙，侯官人当今才子，梳栊了绝代佳人，合欢有酒，岂可定情无诗乎？（净）说的有理，待我磨墨拂笺，伺候挥毫。（生）不消诗笺，小生带有宫扇一柄[5]，就题赠香君，永为订盟之物罢。（丑）妙，妙！我来捧砚。（小旦）看你这嘴脸，只好脱靴罢了。（老旦）这个砚儿，倒该借重香君。（众）是呀！（旦捧砚，生书扇介）（众念介）夹道朱楼一

---

① 金钗：是李香君借以代指自己。肯：此处有问话意，即肯不肯。梳头：古代贵族男子常由侍妾代为梳头。李香君是妓女，侯方域梳栊她，不但不是正式成婚，也非纳她为妾。李香君却希望由此而成为他的侍妾，故有“金钗肯与梳头”的问语。 ②“闲花”三句：李香君因出身卑贱，所以自比闲花、野草；“消得夫人做”是暗用元杂剧《西厢记》第二本第三折莺莺唱词“我做一个夫人也做得过”的语意。 ③ 见惯司空：即司空见惯。司空，古代官名。唐朝时，司空李绅宴请诗人、苏州刺史刘禹锡，命家妓为客敬酒。刘禹锡即席写诗说：“高髻云鬟宫样装，春风一曲杜韦娘。司空见惯浑闲事，断尽苏州刺史肠。”后人因此把常见某种事物叫做司空见惯。 ④ 破题儿：开始，第一遭。 ⑤ 宫扇：也叫团扇，多以丝织物做扇面。

径斜，王孙初御富平车。青溪尽是辛夷树，不及东风桃李花[1]。(众)好诗，好诗！香君收了。(旦收扇袖中介)(丑)俺们不及桃李花罢了，怎的便是辛夷树？(净)辛夷树者，枯木逢春也。(丑)如今枯木逢春，也曾鲜花着雨来。(杂持诗笺上)杨老爷送诗来了。(生接读介)生小倾城是李香，怀中婀娜袖中藏；缘何十二巫峰女，梦里偏来见楚王[2]。(生笑介)此老多情，送来一首催妆诗，妙绝，妙绝！(净)

---

①“夹道”四句：西汉张安世封富平侯，子孙袭爵，为当时有名的贵族。富平车便用来泛指世族豪门的车子了。侯方域原诗三、四句本作“青溪尽是辛夷树，不数东风桃李花”，以辛夷贵于桃花。经作者改写后意思正相反，疑是作者以诗中的李字谐香君的姓，因而认为辛夷不及桃李。辛夷树，高数丈，春初即先于其他树木而开花。江南人又称之为迎春。青溪，在今江苏江宁东北。 ②“生小”四句：这四句诗本是另一个人赠给李香君的。倾城，形容女子美丽出众。倾，是倾覆的意思。《汉书·外戚传》中“李延年歌”：“北方有佳人，绝世而独立，一顾倾人城，再顾倾人国。”香君身材娇小，又诨名小扇坠，故“怀中婀娜袖中藏”语带双关。十二巫峰，指巫山十二峰，战国时楚国诗人宋玉作《高唐赋》，描写楚王到高唐游玩，梦见一个女子愿和他交欢。她在惜别时说：“妾在巫山之阳，高丘之阻。朝为行云，暮为行雨，朝朝暮暮，阳台之下。”后人遂借巫山、云雨、高唐、阳台等语含蓄形容男女性爱。

"怀中婀娜袖中藏",说的香君一搦身材[1],竟是个香扇坠儿。(丑)他那香扇坠能值几文,怎比得我这琥珀猫儿坠[2]。(众笑介)(副净)大家吹弹起来,劝新人多饮几杯。(丑)正是,带些酒兴,好入洞房。(左右吹弹,生、旦交让酒介)

【节节高】(生、旦)金樽佐酒筹[3],劝不休,沉沉玉倒黄昏后[4]。私携手,眉黛愁,香肌瘦,春宵一刻天长久,人前怎解芙蓉扣[5]。盼到灯昏玳筵收[6],宫壶滴尽莲花漏[7]。

(副净)你听谯楼二鼓[8],天气太晚,撤了席罢。(净)这样好席,不曾吃净就撤去了,岂不可惜。(丑)我还没吃够哩,众位略等一等儿。(老旦)休得胡缠,大家奏乐,送新人入房罢。(众起吹打十番,送生、旦介)

【前腔】(合)笙箫下画楼,度清讴[9],迷离灯火如春

---

① 一搦:搦意原为持、握。这里戏言李香君身材纤巧,用手即可持握过来。 ② 琥珀猫儿坠:用琥珀色猫儿眼宝石做的扇坠。 ③ 酒筹:饮酒记数的器具。 ④ 玉倒:玉,即玉山,比喻人的身体。玉倒就是醉倒。 ⑤ 芙蓉扣:语出《西厢记》第五本第一折,指缝制成芙蓉花式样的袢扣。 ⑥ 玳筵:以玳瑁装饰坐具的宴席。 ⑦"宫壶"句:古人没有钟表,宫廷里用铜壶滴漏计时,莲花漏是其中的一种。滴尽,表示深夜时分。 ⑧ 谯楼:鼓楼。二鼓:是古时候的记时单位,即二更。 ⑨ 度:歌唱。清讴:清歌,指歌声清丽动听。

昼①。天台岫，逢阮刘，真佳偶②。重重锦帐香薰透，旁人妒得眉头皱。酒态扶人太风流，贪花福分生来有。

（杂执灯，生、旦携手下）（净）我们都配成对儿，也去睡罢。（丑）老张休得妄想，我老妥是要现钱的。（净数与十文钱，拉介）（丑接钱再数，换低钱③，诨下）

【尾声】（合）秦淮烟月无新旧，脂香粉腻满东流，夜夜春情散不收。

（副净）江南花发水悠悠，（小旦）人到秦淮解尽愁④，（外）不管烽烟家万里，（老旦）五更怀里啭歌喉。

【翻译】

李贞丽（艳装上）（唱）：

身着短短春衫挽起双袖，

繁花中雕楼上把银筝轻奏。

---

① 迷离：难以分辨。 ② "天台岫"二句：传说东汉永平年间，浙江剡人刘晨、阮肇到天台山中采药，和山上两位仙女结婚。在山中半年多以后，仙女才放他们回家。二人到家一看，他们第七代孙子都已长大成人了。 ③ 换低钱：换为成色差一些的钱。 ④ 秦淮：水名，流经金陵，北入长江。明清间，沿河一带多有歌楼妓馆，所以秦淮有时也成为烟花之地的代称。

今晨我将绣帘尽钩起，

不叫那金线般的柳丝垂条，

掩遮住新郎的木兰舟。

(白)：我是李贞丽，只因女儿李香君，已经十六岁，还不曾有人梳栊，使我整天放不下心。多亏杨龙友老爷，代我招来一位名门公子，就是前天来喝酒的侯朝宗，论起他的门第财势，学问名声，都称得上头等。今天是成亲的好日子，我家大摆酒席，广请吹弹歌唱的乐班。那些清客都到了，我们行中的姐妹也全来了，真叫我大费精神哟。(招呼)保儿在哪里？

保儿(摇扇慢上)(白)：

席前搀趣话，花里听情声。妈妈是让我往哪处送枕头、被子么？

李贞丽(生气)(白)：

啐！香姐今天成亲，新郎官这就要到，你还做梦呢。还不赶紧卷起帘子，扫净厅堂，安排好桌椅摆设。

保儿(白)：

是。

(李贞丽指点安排摆席诸事)

杨文骢(穿新衣上)(唱)：

满园桃花红似丝线绣，

鲜艳的色彩笼罩着文君佳酒；

正在开屏的金孔雀，

围护着，在这春日的晴昼。

涤净了金瓯，

点燃兽炉，喷出的香气在空中飘浮。

像卓文君那样美丽多情的女儿，

谁最温柔，

就拉来与眼前的相如消受。

（白）：本官杨文骢，受阮圆海托咐，特来赠送成亲所用之物。（招呼）贞丽在哪里？

李贞丽（与杨文骢相见）（白）：

多谢杨老爷保媒，喜宴都已经准备好了。（询问）怎么新官人还没到呀？

杨文骢（白）：

想该到了吧。（笑）本官准备下几件箱笼，算是为香君添点嫁妆。教人抬上来吧。

（保儿抬箱子、首饰、衣物上）

杨文骢（吩咐）：

抬进新房去，铺陈齐整了！

（保儿答应，下）

李贞丽（欣喜逊谢）（白）：

您怎么这样破费，实在是多谢杨老爷了！

杨文骢（从袖子里摸出银两）（白）：

我还有三十两备办酒席的银子，交给厨房，今天所有的菜肴酒水，都要丰盛。

李贞丽（白）：

这就更担当不起了。（招呼）香君快过来！

（李香君盛妆上）

李贞丽（白）：

杨老爷赏给你好多东西，还不上去拜谢。

（李香君拜谢）

杨文骢（白）：

一点小意思，怎么敢当香君的谢，请回，请回吧。

（李香君随即退入）

保儿（急上场报告）：

新官人到门了！

侯方域（盛服，随人上）（白）：

虽非平步青云科第客，也是嫦娥月里人。

（杨文骢、李贞丽迎接相见）

杨文骢（白）：

恭喜世兄，得了歌楼中绝代佳人，小弟没有什么可表达心意的，匆忙置办了几件妆奁，备了一桌粗席，略助一夜之兴。

侯方域（作揖）（白）：

太劳费心帮助，怎么担受得起。

李贞丽(白):

请坐,献茶。

(众人坐下)

(保儿送茶,众人喝茶)

杨文骢(白):

喜筵等都安排妥了么?

李贞丽(白):

托老爷的福,一切都办妥了。

杨文骢(向侯方域拱手)(白):

今天是吉庆喜筵,小弟不敢非分搅和,现在就告别,等明天一早,再来道喜吧。

侯方域(白):

一起坐坐有什么关系?

杨文骢(白):

不合适,不合适。(告别,下)

保儿(白):

请新官人换衣服。

(侯方域更换衣服)

李贞丽(白):

抱歉,我不能作陪,还是替您打扮新娘,催摆酒席去吧。(作别,下)

丁继之、沈公宪、张燕筑三位清客(上)(白):

一生花月张三影，五字宫商李二红。

丁继之（白）：

在下丁继之。

沈公宪（白）：

在下沈公宪。

张燕筑（白）：

在下张燕筑。

丁继之（白）：

咱们今天去喝侯公子的喜酒，只得尽早到来。

张燕筑（白）：

还不知他们请了哪几位出众的歌女陪咱们哩。

沈公宪（白）：

听说是旧院的几个老行家。

张燕筑（白）：

这么说都是“陪”过我的了。

丁继之（白）：

你有多大家底，能弄上手这么多位。

张燕筑（白）：

人人都有帮手。你看眼前这位侯公子，自己哪里掏过一分钱？

沈公宪（白）：

别多说了，侯公子正在厅上换衣服，咱们赶快贺喜去。

众人（向侯方域作揖）（白）：

侯公子恭喜，恭喜！

侯方域（白）：

今天还得借各位的光啊。

寇白门、卞玉京、郑妥娘三妓女（上）（白）：

情如芳草连天醉，身似杨花尽日忙。

（众人相见）

张燕筑（白）：

叫来的是哪些歌妓，都把姓名报来。

郑妥娘（白）：

你是教坊司的官么，叫我们报名。

侯方域（笑）：

我正要请教尊姓大号。

卞玉京（白）：

贱妾卞玉京。

侯方域（白）：

果然是天庭下凡的仙子。

寇白门（白）：

贱妾寇白门。

侯方域（白）：

果然丽如白门春柳。

郑妥娘(白):

奴家郑妥娘。

侯方域(沉思不语,然后)(白):

果然妥当不过。

卞玉京(白):

官人在此,快请香君出来吧。

(寇白门、郑妥娘扶香君上)

沈公宪(白):

我们奏乐迎接。

(丁继之、张燕筑、沈公宪吹打"十番")

(侯方域、李香君相见)

郑妥娘(白):

我们这一行的规矩,不作兴"拜堂",大家就请吃喝起来吧。

(侯方域、李香君上坐)

(丁继之、张燕筑、沈公宪坐在其左侧)

(寇白门、卞玉京、郑妥娘坐在其右侧)

(保儿端酒壶上)

(左侧男宾敬酒,右侧奏乐)

侯方域(唱):

齐梁时期的词赋,

陈隋二朝遗下来的花柳,

天天引得我春情难收。

今日里青衫红袖相偎依，

一似小杜昔年居扬州。

思量着学张敞把眉画，

似萧史把吹箫来点拨，

从此起春天永为我占有。

我已如相如般焦渴须疗救，

夕阳偏是迟迟不下楼。

其实呵，我也才刚喝完一杯酒。

（右侧女客向新人敬酒，左侧奏乐）

李香君（唱）：

楼台前花枝摇曳，

绣帘儿随风轻抖，

紧傍着俊伟男儿姿态英秀。

我无限柔情，

他可容我代为梳头？

我虽是闲花艳偏胜，

似野草何尝无芳香，

本配把正室夫人做。

笼纱的灯光映照得屋里红透，

即使是已经习惯的人也觉羞，

何况我破题儿第一遭，真是难推又难就。

丁继之(白):

你们看,夕阳下山,乌鸦落树,咱们快送新人回房吧。

沈公宪(白):

且不要忙,侯官人是当今的才子,梳栊了绝色美人,宴上既已有合欢酒,难道可以没有定情诗么?

张燕筑(白):

说的有道理。我来研墨拂笺,伺候侯公子挥笔。

侯方域(白):

用不着诗笺。我带来一把团扇,就在扇子上题诗,送给香君,永作订盟的证物吧。

郑妥娘(白):

妙,妙极了!我来端着砚台。

寇白门(白):

看你这德行,只能伺候人家脱靴子罢了。

卞玉京(白):

这捧砚的事,倒是应该偏劳香君才对。

众人(异口同声)(白):

对呀!

(李香君捧砚,侯方域在团扇上题诗)

众人(念):

“夹道朱楼一径斜,王孙初御富平车。青溪尽是辛夷树，不及东风桃李花。”

众人（白）：

好诗啊好诗！香君收好了！

（李香君把扇子收在袖中）

郑妥娘（白）：

说我们比不上桃花李花也就算了，怎么就成了辛夷树？

张燕筑（白）：

辛夷树么，那是枯木逢春的意思！

郑妥娘（白）：

现今成了枯木逢春，以前可也有过鲜花着雨的日子哩。

保儿（持诗笺上）（白）：

杨老爷送诗来了。

侯方域（接过来念道）：

“生小倾城是李香，怀中婀娜袖中藏。缘何十二巫峰女，梦里偏来见楚王。”（笑）这位老先生多情，送来一首催妆诗，妙极，妙极！

张燕筑（白）：

“怀中婀娜袖中藏”，把香君说得身材只有一搦，简直成了个香扇坠儿。

郑妥娘（白）：

他那个扇坠值得了多少钱，哪儿比得上我这个琥珀色的猫儿眼坠。

（众人哄笑）

丁继之（白）：

咱们吹弹起来，劝新人多喝几杯。

郑妥娘（白）：

对呀！正要有点醉意，好入洞房。

（左右齐演奏）

侯方域、李香君（互相敬酒）（唱）：

金樽配着酒筹，

相劝不休，

玉山欲倾酒已酣，天亦黄昏后。

暗暗地携素手，

愁色上眉头，

熬得人香肌都瘦。

一刻春宵抵得上天长地久，

但在人前怎能解去衣上芙蓉扣？

好容易盼到灯光昏暗把玳宴收，

莲花壶却已经耗尽了滴漏。

丁继之（白）：

你们听，谯楼已敲二鼓，时间太晚，把酒席撤掉吧。

张燕筑（白）：

这么好的宴席，还没吃干净就撤去，那不太可惜了？

郑妥娘（白）：

我还没吃够，各位略等等我。

卞玉京（白）：

别胡闹了。大家奏乐，送新人入房吧。

众人（站起来，演奏“十番”，送侯方域、李香君）（合唱）：

笙箫的声音飘下画楼，

我们唱着清丽的歌讴，

在朦胧的灯火下我们感到如同春昼。

在天台山岫，仙女遇到阮、刘，

真是佳偶。

重重饰帐已用香薰透，

旁人妒嫉得皱起了眉头。

醉扶新人太风流，

贪花的福分我们生来就有。

（保儿执灯盏前引，侯方域、李香君拉手相伴随下）

张燕筑（白）：

我们也都成双成对地睡觉去吧。

郑妥娘（白）：

老张别妄想，我老妥是要现钱的！

（张燕筑数给她十文钱，拉她）

（郑妥娘接过钱又数一遍，换成劣质钱，打诨，下）

众人（合唱）：

秦淮烟月永远如此，不分新旧，

脂香粉腻充溢着东逝的水流，

夜夜都散播着春情，不歇不休。

（丁继之）江南花发水悠悠，（寇白门）人到秦淮解尽愁，

（沈公宪）不管烽烟家万里，（卞玉京）五更怀里啭歌喉。

却　奁　癸未三月

“却奁”选自原作第七出。到此，全剧第一次出现了较大的矛盾冲突；侯方域和李香君的人物性格在冲突中初步而鲜明地展示出来。在杨文骢说出侯方域与李香君交往所用的钱都出自阉党余孽阮大铖之后，侯方域仅仅向杨文骢表明“小弟鄙其为人，绝之已久”，更多是对阮大铖“今日无故用情”表示“不解”。经过杨文骢一番巧言舌辩，加上感激阮大铖助奁的“厚意”，他竟轻率表示愿与阮大铖和解，还打算调停阮大铖与复社中人的关系，明显暴露出政治上摇摆不定和贪色丧志的弱点。李香君却与他截然不同。她怒斥阮大铖，义责心上人，毅然决然退还妆奁，使侯方域惶愧不已，从心底尊李香君为“畏友”。这次矛盾冲突，使侯方域、李香君的关系更加密切，也为后来剧情的进一步发展奠定了基础。

李香君所唱[川拨棹]中“脱裙衫，穷不妨，布荆人，名自香”几句曲词，经久传唱，尤为脍炙人口。

【夜行船①】(末)人宿平康深柳巷②，惊好梦门外花郎③。绣户未开，帘钩才响，春阻十层纱帐。

下官杨文骢，早来与侯兄道喜。你看院门深闭，侍婢无声，想是高眠未起。(唤介)保儿，你到新人窗外，说我早来道喜。(杂)昨夜睡迟了，今日未必起来哩。老爷请回，明日再来罢。(末笑介)胡说！快快去问。(小旦内问介)保儿，来的是那一个？(杂)是杨老爷道喜来了。(小旦忙上)倚枕春宵短，敲门好事多。(见介)多谢老爷，成了孩儿一世姻缘。(末)好说。(问介)新人起来不曾？(小旦)昨晚睡迟，都还未起哩。(让坐介)老爷请坐，待我去催他。

---

① 以上略角色、介、白共一百字。 ② 平康深柳巷：“平康”已详前注。旧称娼妓所居之处为“花街柳巷”。此处深柳巷亦借指妓女住处。 ③ 花郎：卖花人。

(末)不必,不必。(小旦下)

【步步娇】(末)儿女浓情如花酿①,美满无他想,黑甜共一乡②。可也亏了俺帮衬,珠翠辉煌,罗绮飘荡,件件助新妆,悬出风流榜③。

(小旦上)好笑,好笑!两个在那里交扣丁香④,并照菱花⑤,梳洗才完,穿戴未毕。请老爷同到洞房,唤他出来,好饮扶头卯酒⑥。(末)惊却好梦,得罪不浅。(同下)

(生、旦艳妆上)

【沉醉东风】(生、旦)这云情接着雨况⑦,刚搔了心窝奇痒,谁搅起睡鸳鸯。被翻红浪,喜匆匆满怀欢畅。枕上余香、帕上余香,消魂滋味,才从梦里尝。

(末、小旦上)(末)果然起来了,恭喜!恭喜!(一揖,坐介)(末)昨晚催妆拙句,可还说的入情么?(生揖介)多谢!(笑介)妙是妙极了,只有一件。(末)那一件?(生)香君虽

---

① 花酿:指蜜。 ②"黑甜"句:黑甜,形容熟睡。黑甜乡,指梦境。 ③"悬出"句:意即使侯方域成为杨龙友所主持的风流榜上的人物,也即风流人物。 ④ 丁香:本来指丁香的花蕾,此处借指衣服的纽扣。 ⑤ 菱花:原为古代铜镜上一种很普通的花饰,因作镜子的别称。 ⑥ 扶头卯酒:指早晨卯时前后饮用的醇和的酒。扶头,即扶头酒之简称,易醉之酒。李清照《念奴娇·春情》:"险韵诗成,扶头酒醒,别是闲滋味。" ⑦ 云情、雨况:指男女交欢。

小，还该藏之金屋①。（看袖介）小生衫袖如何着得下？（俱笑介）（末）夜来定情，必有佳作。（生）草草塞责，不敢请教。（末）诗在那里？（旦）诗在扇头。（旦向袖中取出扇介）（末接看介）是一柄白纱宫扇。（嗅介）香的有趣。（吟诗介）妙！妙！只有香君不愧此诗。（付旦介）还收好了。（旦收扇介）

【园林好】（末）正芬芳桃香李香，都题在宫纱扇上；怕遇着狂风吹荡，须紧紧袖中藏，须紧紧袖中藏。

（末看旦介）你看香君上头之后②，更觉艳丽了。（向生介）世兄有福，消此尤物③。（生）香君天姿国色，今日插了几朵珠翠，穿了一套绮罗，十分花貌，又添二分，果然可爱。（小旦）这都亏了杨老爷帮衬哩。

【江儿水】送到缠头锦④，百宝箱，珠围翠绕流苏帐⑤，银烛笼纱通宵亮，金杯劝酒合席唱。今日又早早来看，恰似亲生自养，赔了妆奁，又早敲门来望。

---

① 金屋：意为华丽的房子。相传西汉武帝刘彻作太子时，其姑母长公主愿把女儿阿娇嫁给他。刘彻说："如果娶了阿娇，我要建一座金屋给她住。" ② 上头：指头发改成少妇的发式。 ③ 尤物：本指特殊的人物，后常用来称谓姿色出众的美人。 ④ 缠头锦：古代歌舞艺人表演时用锦缠头，演出完毕，看客以罗锦相赠，称为缠头；以后又作为赠给舞女、娼妓财物的通称。 ⑤ 流苏帐：即四周缀饰了流苏的帐子。流苏，是用五彩羽毛或丝线制成的穗子。

(旦)俺看杨老爷,虽是马督抚至亲①,却也拮据作客,为何轻掷金钱,来填烟花之窟?在奴家受之有愧;在老爷施之无名。今日问个明白,以便图报。(生)香君问的有理。小弟与杨兄萍水相交②,昨日承情太厚,也觉不安。(末)既蒙问及,小弟只得实告了。这些妆奁、酒席,约费二百余金,皆出怀宁之手③。(生)那个怀宁?(末)曾做过光禄的阮圆海④。(生)是那皖人阮大铖么?(末)正是。(生)他为何这样周旋?(末)不过欲纳交足下之意⑤。

【五供养】(末)羡你风流雅望,东洛才名,西汉文章⑥。逢迎随处有,争看坐车郎⑦。秦淮妙处,暂寻个佳人相傍,也要些鸳鸯被、芙蓉妆,你道是谁的?是

---

① 马督抚:即马士英,当时任凤阳督抚。 ② 萍水之交:以浮萍在水面漂流,比喻交情短浅,不亲密。 ③ 怀宁:即阮大铖。阮大铖是安徽怀宁人。用籍贯称人是古代人称谓的习惯,含尊敬意。 ④ 光禄:即光禄寺,是主管皇家祭品、膳食和酒宴等事务的部门,此处用以称光禄寺的长官。阮大铖曾任光禄寺卿。 ⑤ 纳交:结交。足下:古代第二人称的敬称,此处指侯方域。 ⑥"东洛"二句:前一句是暗用晋代辞赋家左思故事。他用十年写成《三都赋》,人们争相买纸传抄,抢购得洛阳的纸价都涨贵了。后一句,指西汉时期司马相如、司马迁等著名作家的文章作品。这两句是比喻侯方域名气大、文章写得好。 ⑦ 争看坐车郎:相传晋朝人潘岳貌美,每当乘车出游,妇女们都争相看他。

那南邻大阮①,嫁衣全忙。

(生)阮圆老原是敝年伯②,小弟鄙其为人,绝之已久。他今日无故用情,令人不解。(末)圆老有一段苦衷,欲见白于足下③。(生)请教。(末)圆老当日曾游赵梦白之门④,原是吾辈;后来结交魏党,只为救护东林。不料魏党一败,东林反与之水火⑤。近日复社诸生,倡论攻击,大肆殴辱,岂非操同室之戈乎⑥? 圆老故交虽多,因其形迹可疑,亦无人代为分辩。每日向天大哭,说道:"同类相残,伤心惨目,非河南侯君,不能救我。"所以今日谆谆纳交。(生)原来如此。俺看阮圆海情辞迫切,亦觉可怜。就便真是魏党,悔过来归,亦不可绝之太甚,况罪有可原乎。定生、次尾,皆我至交,明日相见,即为分解。(末)果然如此,吾党之幸也。(旦怒介)官人是何说话! 阮大铖趋附权奸,廉耻丧尽,妇人女子,无不唾骂。他人攻之,官

---

① 南邻大阮:晋代有南、北阮。南阮指阮籍、阮咸等。大阮即阮籍,此处借指阮大铖。 ② 敝:是第一人称的谦称。年伯:原指与父亲同年考中科举的长辈,明代以后,对父辈,不问是否与父亲同年中举,都泛称年伯。 ③ 见白:分辨清楚。④ 赵梦白:即赵南星,明末人,因得罪宦官魏忠贤,被贬到代州(在今山西)而死。 ⑤ 水火:像水火一样彼此不相容。⑥ 操同室之戈:又叫同室操戈,原指兄弟间自相残杀,此处引申为同类人相互攻击。

人救之，官人自处于何等也？

【川拨棹】不思想，把话儿轻易讲。要与他消释灾殃，要与他消释灾殃，也提防旁人短长①。官人之意，不过因他助俺妆奁，便要徇私废公，那知道这几件钗钏衣裙，原放不到我香君眼里。（拔簪脱衣介）脱裙衫，穷不妨；布荆人②，名自香。

（末）啊呀！香君气性，忒也刚烈③。（小旦）把好好东西，都丢一地，可惜！可惜！（拾介）（生）好！好！好！这等见识，我倒不如，真乃侯生畏友也④！（向末介）老兄休怪，非弟不领教，但恐为女子所笑耳。

【前腔】（生）平康巷，他能将名节讲，偏是咱学校朝堂⑤，偏是咱学校朝堂，混奸贤不问青黄⑥。那些社友平日重俺侯生者，也只为这点义气；我若依附奸邪，那时群起来攻，自救不暇，焉能救人乎？节和名，非泛常；重和轻，须审详。

（末）圆老一段好意，也还不可激烈。（生）我虽至愚，亦不肯从井救人⑦。（末）既然如此，小弟告辞了。（生）这

---

① 旁人短长：意为别人指摘议论。 ② 布荆：即布衣、荆钗。 ③ 忒（tuī推）：意同“太”。 ④ 畏友：指正直、敢于当面批评朋友缺点的人。 ⑤ 朝堂：泛指朝廷和各级官署。 ⑥ 不问青黄：不管是非黑白的意思。 ⑦ 从井救人：本意为下到井底救落井者，此处意为救不了别人，反而害了自己。

些箱笼，原是阮家之物，香君不用，留之无益，还求取去罢。(末)正是"多情反被无情恼，乘兴而来兴尽还"①。(下)(旦恼介)(生看旦介)俺看香君天姿国色，摘了几朵珠翠，脱去一套绮罗，十分容貌，又添十分，更觉可爱。(小旦)虽如此说，舍了许多东西，到底可惜。

【尾声】金珠到手轻轻放，惯成了娇痴模样，辜负俺辛勤做老娘。

(生)些须东西，何足挂念，小生照样赔来。(小旦)这等才好。

(小旦)花钱粉钞费商量②，(旦)裙布钗荆也不妨，(生)只有湘君能解佩③，(旦)风标不学世时妆。

【翻译】

杨文骢(唱)：

人宿在平康坊深柳巷，

惊回好梦的是门外花郎。

---

①"多情"二句：上句出自宋代苏轼[蝶恋花]词；下句出自刘义庆《世说新语》所载东晋人王子猷访戴安道时说的话，原话为"乘兴而来，兴尽而返"。 ② 花钱粉钞：指花费在花粉服饰上的钱。 ③ 湘君解佩：故事原出自屈原《九歌·湘君》篇。原句大意为：湘君在那澧浦啊，解下她的佩饰赠予我。这里借来比喻香君退还妆奁。

绣户尚未开启，

帘钩刚发出声响，

阻隔着春情，那重重纱帐。

（白）：下官杨文骢，一早来给侯兄道喜。你看这院门紧闭，婢女没有一点声息，大概还高枕而卧，没有起身。（招呼）保儿，你到新人的窗前，就说我清早前来道喜。

保儿（白）：

他二人昨天夜里睡得晚，今日未必起来。老爷请回，明天再来吧。

杨文骢（笑）（白）：

胡说！快点去说。

李贞丽（在里边问）：

保儿，是谁来了？

保儿（白）：

是杨老爷道喜来了。

李贞丽（急忙上）（白）：

倚枕春宵短，敲门好事多。（与杨文骢相见）多谢杨老爷，成就了香君这孩子一辈子的大事。

杨文骢（白）：

好说。（问）新人起来没有？

李贞丽（白）：

昨天夜里睡得太晚，现在还没起来呢。（让坐）您请坐，我进去催他们一下。

杨文骢（白）：

　　不必，不必。

（李贞丽下）

杨文骢（唱）：

　　儿女情浓浑如蜂蜜百花酿，

　　美满姻缘更无他想，

　　共处黑甜梦一乡。

　　（白）：可也亏了我帮助！

　　（唱）：珍珠翡翠辉煌，

　　绮罗衣裙轻飘荡，

　　我助他这件件新妆，

　　然后我高挂起风流榜。

李贞丽（上）（白）：

　　好笑，好笑！他们俩正在那里互结纽扣，齐照镜子，刚刚梳洗完，还没穿戴整齐。请杨老爷到洞房，把他叫出来，好喝“扶头卯酒”。

杨文骢（白）：

　　惊醒了他们的好梦，罪过不小呀。（与李贞丽同下）

侯方域、李香君（都着艳丽服装上）（合唱）

　　男欢女爱情意长，

　　搔了心头奇痒。

是谁搅醒了这熟睡的鸳鸯？

锦被似翻舞的红浪，

喜孜孜满怀欢畅。

绣枕留香，

绢帕留香，

那销魂滋味，

刚刚从梦里尝。

（杨文骢、李贞丽上）

杨文骢（白）：

真的起来了，恭喜！恭喜！（向侯、李作一揖，然后坐下）昨天晚上我作的那首催妆的拙诗，可还说得入情吗？

侯方域（向杨文骢作揖）（白）：

多谢。（笑）妙是妙极了，只有一点。

杨文骢（白）：

哪一点？

侯方域（白）：

香君虽然娇小，还是应该藏于金屋。（看自己衣袖）我这衣袖，怎么能容得下？

（众人笑）

杨文骢（白）：

昨夜侯兄与香君定情，一定作出了好诗。

侯方域（白）：

草草塞责，不敢拿来请杨兄指教。

杨文聪(白)：

诗在哪里？

李香君(白)：

写在扇子上面了。(从袖中取出扇子)

杨文聪(接过扇子观看)(白)：

这是一把白纱团扇。(闻扇)这香味有意思。(吟诵扇上诗句)好！好！只有香君才担得起这诗中赞赏啊！(把扇子还给李香君)还请收好了。

(李香君收扇子)

杨文聪(唱)：

桃香李香正芬芳，

都题在这宫纱扇上。

怕遇着狂风吹荡，

须紧紧袖中收藏，

须紧紧袖中收藏！

杨文聪(看李香君)(白)：

你们看，香君改换发型后，更加艳丽了。(转面向侯方域)老兄有福，享受这位绝色美人。

侯方域(白)：

香君本是天姿国色，今天戴上几支珠翠首饰，穿上一身绮罗衣裙，十分美貌，又增添了两分，果然可爱。

李贞丽(白):

这全亏了杨老爷帮忙呀。

(唱):送来了缠头锦、百宝箱,

珠围翠绕的流苏帐,

笼纱的银烛通宵明亮,

金杯劝酒合席尽欢唱。

(白):今天这么早又亲自来视探,

(唱):待香君像亲生一样,

陪了妆奁,

还清早敲门来看望。

李香君(白):

依我看来,杨老爷虽然是马督抚的至亲,但在外作客,手里也并不宽裕,为什么舍得轻易花费钱财,来送给烟花人家呢?在我,接受下来心里有愧;在您,施予这份厚礼也没个名目。我今天想问个明白,也好日后报答。

侯方域(白):

香君问得有理。小弟和杨兄是偶然遇到的朋友,昨天领您的情太深重,也感到于心不安。

杨文骢(白):

既然承蒙你们问及,我也只能以实相告了:这些妆奁和酒席,大概花费了二百余两银子,都是出自怀宁之手。

侯方域(白):

哪个怀宁？

杨文骢（白）：

就是那位曾经作过光禄寺卿的阮圆海。

侯方域（白）：

是那个安徽人阮大铖吗？

杨文骢（白）：

正是他。

侯方域（白）：

他为什么这样费心帮助？

杨文骢（白）：

不过想和您交个朋友罢了。

（唱）：他羡慕你风雅名望，

你有那左思的才名，

比得上西汉的文章。

逢迎你的人到处都有，

女子也争看美貌少年郎。

在这秦淮胜处，

暂寻个佳人相依傍，

也要些鸳鸯被、芙蓉新妆，

（白）：你以为这是由谁所出？

（唱）：是那南邻阮圆海，

他忙着为人作嫁衣裳。

侯方域(白):

阮圆老原是与家父同年考取的进士,小弟鄙视他的为人,断绝来往已很久了。现在,他无缘无故送我东西,让人想不透是什么原因。

杨文骢(白):

圆老有段苦衷,盼望对您解释清楚。

侯方域(白):

请讲。

杨文骢(白):

圆老以前曾是赵南星门下,本来也是咱们的同道,后来和魏忠贤之流结交,本只是为要救东林党人。没想到魏党一倒,东林党人反而与他水火不相容。近日复社诸君,倡言攻击,大肆殴打辱骂,这不是自己人起内讧嘛!圆老的老朋友虽然不少,都因为他所作所为可疑,没人替他分辩。他每日仰天大哭,说:“同道者自相残杀,痛彻心扉、惨不忍睹,除了河南侯君,没人能救我!”所以,他现在诚心诚意想和您结交。

侯方域(白):

原来是这样。我看他情辞迫切,也觉得可怜。即使他真是魏党,忏悔了以前的过失,要来归依,大家也不能对他太决绝,又何况罪有可原。陈定生、吴次尾都是我的至交,明天见到他们,就为他解释解释。

杨文骢(白):

如果真能这样,是我们大家的幸运!

李香君(恼怒)(白):

官人,你这是说的什么话!阮大铖依附势奸,丧尽了廉耻,连妇女都没有不唾骂他的。大家反对他,官人却救护他。官人把自己摆到什么地位上去了!

(唱):不仔细思想,

就把话儿轻易讲。

要与他消释灾殃,

要与他消释灾殃,

也须提防旁人议论短长。

(白):官人的意思,不过是因为他帮助了我的嫁妆,就想因私废公;哪知道这几件首饰、衣服,我香君根本不放在眼里。(摘掉首饰、脱下衣裙)

(唱):脱去了裙衫,

穷困原不妨;

布衣荆钗人,

声名自芬芳。

杨文骢(白):

哎呀呀,香君的气性也太刚烈了!

李贞丽(白):

把这么好的东西丢了一地,可惜,可惜!(捡起衣、

钗等物)

侯方域(白):

好!好!好!这样的见识,我倒不如,真是我侯方域的畏友呀!(转面向杨文骢)老兄不要见怪,不是小弟不领受教诲,只怕被女子所讥笑。

(唱):流落在平康巷,

她能把名节讲;

偏是咱们身处学校、朝堂,

偏是咱们身处学校、朝堂,

反倒混淆奸贤不分青黄。

(白):复社的朋友们平常看重我侯方域,就是为了我这点义气;如果我依附奸邪,那时群起而攻之,我自己救自己都来不及,哪里还谈得上去救别人呢!

(唱):节操与名声,

不同寻常;

重和轻,

须要审详。

杨文骢(白):

阮老一段好意,也还不要过于决绝。

侯方域(白):

我虽然非常愚钝,也还不肯跳到井底去救别人。

杨文骢(白):

既然是这样,小弟先回去了。

侯方域(白):

这些箱子,是阮家的东西。香君不用,留着也无益,还请搬走吧。

杨文骢(白):

正是“多情反被无情恼,乘兴而来兴尽还”。(下)

(李香君恼怒)

侯方域(看李香君)(白):

我看香君天姿国色,摘去了几朵珠翠首饰,脱去了一身绮罗衣裙,真是十分美貌,又添了十分,更加可爱。

李贞丽(白):

话虽这么说,白白丢了那么多东西,到底可惜。

(唱):金珠到手却轻轻放,

惯纵成了娇痴模样,

辜负我辛勤做老娘。

侯方域(白):

这一点点东西,哪值得放在心里。我也照样赔送一份来就是了。

李贞丽(白):

这样才好。

(李贞丽)花钱粉钞费商量,(李香君)裙布钗荆也不妨,

(侯方域)只有湘君能解佩,(李香君)风标不学世时妆。

迎　　驾　甲申四月①

“迎驾”选自原作第十五出。这出戏展示了以马士英、阮大铖为首的腐朽官僚们卑鄙的阴谋篡权活动。以前,他们有的霸占一方、为非作歹,害得民不聊生;有的投靠擅权专政的太监,充当魏忠贤的党羽为虎作伥。这个阶层是构成明朝后期黑暗政治的重要组成部分。而一旦遭遇时变,这些人就野心勃勃,感到“幸遇国家多事,正我辈得意之秋”,他们迎立昏庸的福王为帝,并不是真正为明朝政权着想,而是各自心怀

① 甲申:1644 年。这年农历三月十九日,李自成农民起义军攻占北京,又于四月三十日被清军击败退出。

鬼胎，想利用荒淫昏庸的福王做傀儡，趁机捞取"拜相与封侯"，"凭着这拥立功大权归手"。从这个角度我们不难看出，任用腐败透顶的官僚作为封建政权的主要统治力量，正是为这个政权的崩溃准备了条件。

【番卜算】（净扮马士英冠带上）一旦神京失守[①]，看中原逐鹿交走[②]。捷足争先，拜相与封侯，凭着这拥立功大权归手。

下官马士英，别字瑶草，贵州贵阳卫人也，起家万历己未进士[③]，现任凤阳督抚。幸遇国家多故，正我辈得意之秋。前日发书约会史可法，同迎福王，他回书中有"三大罪、五不可立"之言，阮大铖走去面商，他又闭门不纳。看来是不肯行的了。但他现握着兵权，一倡此论，那九

① 神京：即帝都。 ② 逐鹿：比喻争夺统治权。源出《汉书·蒯通传》："且秦失其鹿，天下共逐之。"颜师古注引张晏："以鹿喻帝位。"当时，崇祯皇帝朱由检已死，又未确定帝位继承人，很多人借机争权夺利。 ③ 万历己未：万历，是明神宗朱翊钧的年号。万历己未，公元1619年。

卿班里[1]，如高弘图、姜曰广、吕大器、张国维等[2]，谁敢竞行。这迎立之事，便有几分不妥了。没奈何，又托阮大铖约会四镇武臣[3]，及勋戚内侍[4]，未知如何，好生焦躁。（副净扮阮大铖急上）胸有已成之竹[5]，山无难劈之柴。此是马公书房，不免竟入。（净见问介）圆老回来了，大事如何？（副净）四镇武臣见了书函，欣然许诺，约定四月念八[6]，全备仪仗[7]，齐赴江浦矣。（净）妙，妙！那高黄二刘，如何说来？（坐介）

---

① 九卿：明代以中央政府各主要部门首长，即吏、户、礼、兵、刑、工六部尚书及都察院都御史、通政司使、大理寺卿为九卿。 ② 高弘图、姜曰广、张国维：都是明末人，并都曾在南明王朝任尚书、大学士等职。 ③ 四镇武臣：指刘泽清、黄德功、刘良佐、高杰四人。下文的高、黄、二刘也是指这四个人。 ④ 勋戚内侍：勋戚，有功劳的皇族亲戚；内侍，官名，都以太监充任，在各朝代的职能、权限也有所不同。 ⑤ 胸有已成之竹：此语原出于宋代苏轼《文与可画筼筜谷偃竹记》："画竹必先得成竹于胸中。"后来人们便把做事先有计划、有把握称为胸有成竹。 ⑥ 念：二十，也写作"廿"。 ⑦ 仪仗：古代帝王、官员等出行至宫殿、衙署之外时，亲随、护卫举持的旗帜、伞、扇、武器之类。

【催拍】(副净)他说受君恩爵封列侯，镇江淮千里借箸①；神京未收，神京未收，似我辈滥功糜饷，建牙堪羞②。江浦迎銮③，愿领貔貅④，扶新主持节复仇⑤。临大事，敢夷犹⑥。

(净)此外还有何人肯去？(副净)还有魏国公徐鸿基⑦、司礼监韩赞周⑧、吏科给事李沾⑨、监察御史朱国

---

① 借箸：见《汉书·张良传》：一天张良与刘邦议事，刘邦正在吃饭；张良为了把事情说清楚一些，就说："请借前箸以筹之。"意即"请把您面前的筷子借给我作为筹划工具，我筹划给你看"。后即将借箸作为代人策划的意思。此处是说皇帝把江淮交给我们代为策划。 ② 建牙：古代出兵，在军前树立起大旗称建牙。牙，是军前大旗。此处建牙代指出镇的武将。 ③ 迎銮：皇帝的车驾称銮驾，简称銮。迎銮，就是迎接皇帝。 ④ 貔貅(pí xiū 皮休)：是古代传说中的猛兽，常被用来比喻勇猛的军队。 ⑤ 持节：古代奉命出使者必须持符节为凭证。此处持节作奉命讲。 ⑥ 夷犹：迟疑不前。 ⑦ 魏国公徐鸿基：明朝开国功臣徐达第九世孙。魏国公是他袭封的爵位。 ⑧ 司礼监：明朝内监办事机关之一，负责宫廷礼仪、内外奏章。明代中叶以后，皇帝大多很少临朝。司礼监代办公文，逐渐成为最接近皇帝、最有权势的机构，也是明朝中期以后，政治日益腐败的重要原因。韩赞周：在崇祯朝曾任司礼大太监。 ⑨ 吏科给事：即吏科给事中，是吏科掌管谏诤、举发和弹劾的官职。李沾：在崇祯朝曾任吏科给事中，后与马士英相互勾结，迎立福王。

昌[1]。(净)勋、卫、科、道[2],都有个把,也就好了。他们都怎么说来?

【前腔】(副净)他说马中丞当先出头,众公卿谁肯逗留。职名早投[3],职名早投,大家去上书陈表,拥入皇州。新主中兴,拜舞龙楼[4],将今日劳苦功酬,迁旧秩[5],壮新猷。

(净)果然如此,妙得狠了。只是一件,我是一个外吏[6],那几个武臣勋卫,也算不得部院卿僚[7],目下写表如何列名?(副净)这有什么考证,取本缙绅便览来[8],从头抄写便了。(净)虽如此说,万一驾到,没有百官迎接,我们三五个官,如何引进朝去?(副净)我看满朝诸公,那个是有定见的。乘舆一到,只怕递职名的还挨挤不上哩。(净)是,是!表已写就,只空衔名[9],取本缙绅来,快

① 监察御史:是掌管监察百官,到京城以外各地审核刑狱诉讼、祭祀等事务的官职。 ② 勋:是有大功劳的人;卫:是明朝的一种军队制度,每卫约有五千六百人,分驻各地;科:古代封建王朝的官署按职能分部办公叫科;道:古代行政区划单位名称。 ③ 职名:官员的履历。 ④ 拜舞:古代朝拜帝王的礼节。龙楼:指帝王宫殿。 ⑤ 秩:是官吏的职位或品级。 ⑥ 外吏:指地方官吏。 ⑦ 部院:指中央政府的主要办事机构。卿僚:即这些机构里的官吏。 ⑧ 缙绅便览:即职官录。缙绅,指官员。当时的书坊编有缙绅便览,供顾客购买。 ⑨ 衔名:官衔、姓名。

快开列。

（外扮书办取缙绅上）西河沿洪家高头便览在此[①]。（下）（副净）待我抄起来。（偏头远视介）表上字体，俱要细楷的，目昏难写，这怎么处？（想介）有了。（腰内取出眼镜戴，抄介）“吏部尚书高弘图”。（作手颤介）这手又颤起来了，目下等着起身，一时写不出，急杀人也！（净）还叫书办写去罢。（副净）这姓名里面都有去取，他如何写得。（净）你指示明白，自然不错了。（叫介）书办快来！（外上）（副净照缙绅指点向外介）（外下）（净）自古道："中原逐鹿，捷足先得"，我们不可落他人之后。快整衣冠，收拾箱包，今日务要出城。（丑扮长班收拾介）（副净问介）请问老公祖[②]，小弟怎生打扮？（净）迎驾大典，比不得寻常私谒[③]，俱要冠带才是。（副净）小弟原是废员[④]，如何冠带？（净）正是。（想介）没奈何，你且权充个赍表官罢[⑤]，只是屈尊些儿。（副净）说那里话，大丈夫要立功业，何所不可，到这时候还讲刚方

① 西河沿洪家：当时北京西河沿一家洪姓书铺。高头便览：是每页带有详细说明的职官录。 ② 老公祖：明、清时士绅对知府以上的地方官尊称为公祖，对其中地位较高的人则称大公祖、老公祖。 ③ 私谒：由于私事谒见请托。 ④ 废员：被黜退、不在职的官员。 ⑤ 赍（jī 击）表官：是临时委派的职务。赍，怀抱的意思。表，指劝进表、贺表之类。

么。(净笑介)妙,妙！才是个软圆老①。(副净换差吏服色介)

【前腔】拼余生寒灰已休,喜今朝涸海更流;金鳌上钩,金鳌上钩,好似太公一钓②,享国千秋。牛马风尘③,暂屈何忧,刀笔吏丞相根由④;人笑骂,我不羞。

(外上)表已列名,老爷过目。(副净看介)果然一些不差,就包裹好了,装入箱中。(外包裹装箱内介)(副净)下官只得背起来了。(外、丑与副净绑箱背上介)(净看,笑介)圆老这件功劳却也不小哩。(副净正色介)不要取笑,日后画在凌烟阁上⑤,倒有些神气的。(丑牵马介)天色将晚,请老爷上马。(净吩咐介)这迎驾大事,带不的多人,只你两个跟去罢。(副净)便益你们⑥,后日都要议叙的⑦。(俱上马,急走绕场介)

---

①"才是"句:马士英等人敬称阮大铖为阮圆老。"阮"与"软"同音,这里是拿软圆与刚方对比来打趣。 ②太公:即吕尚。他曾在渭水钓鱼。周文王见了很赏识,就拜他为师。他后来协助武王灭商,分封在齐国。 ③牛马风尘:比喻人不得志,如同牛马在风尘里一样。 ④刀笔吏:办文书的下层吏员。汉初的萧何原为刀笔吏,后为丞相。 ⑤凌烟阁:唐太宗曾为功臣画像,置于凌烟阁,后来,凌烟阁便成为纪念功臣的地方。 ⑥便益:即便宜(pián yi 骈义轻声),意为使人得到本来不应得的利益。 ⑦议叙:即提升。

【前腔】(合)趁斜阳南山雨收,控青骢烟驿水邮①,金鞭急抽,金鞭急抽,早见浦江云气②,楚尾吴头③。应运英雄,虎赴龙投,恨不的双翅飕飕,银烛下,拜冕旒④。

(净)叫左右早去寻下店房。(副净)阿呀! 我们做的何事,今日还想安歇,快跑快跑!(加鞭跑介)

(净)江云山气晚悠悠,(副净)马走平川似水流,(净)莫学防风随后到⑤,(副净)涂山明日会诸侯。

【翻译】

马士英(着官服上)(唱):

一旦首都失守,

看国中正为逐鹿而交相奔走。

捷足争先的,

---

① "控青"句:青骢,青色毛中杂有少量白毛的马。烟驿水邮:驿指驿站,邮指邮亭,这是形容江南的道路风景。② 浦江:指长江浦口。当时福王到淮安避难,被高、黄、二刘接至浦口。云气:指天子气。这里是吹捧福王有做天子的福分。③ 楚尾吴头:本指江西地区,因其地处湖北沿江下流、江苏沿江上流,而湖北、江苏在春秋战国时曾分属楚、吴两国。此处楚尾吴头指长江中下游地方。④ 冕旒(liú 流):皇冠,此处代指即将称帝的福王。⑤ "莫学"句:传说大禹在涂山集会诸侯,防风氏最后到,被禹杀掉。

便能拜相与封侯，

凭着拥立皇帝的功劳把大权揽在手。

(白)：下官马士英，别号瑶草，是贵州贵阳卫人。以万历己未年进士起家，如今做到凤阳督抚。幸好遇上国家多事，正是我们这些人得意的好时光。前几天写信约史可法一起迎立福王做皇帝。他回信中说福王有“三大罪、五不可立”。阮大铖亲自找他商量，他又闭门连见都不见。看来他是不愿意干这件事了。但他现在手握兵权，一倡此论，各部院的大官们，像高弘图、姜曰广、吕大器、张国维之流，谁还敢赞同我。要是这样，立福王的事，恐怕就有些难办了。没办法，又托阮大铖联络高、黄、二刘和有功勋的皇亲国戚、内侍太监，不知他办得怎么样，真是急人！

阮大铖(上)(白)：

胸有已成之竹，山无难劈之柴。这是马公的书房，不妨直接进去。

马士英(看见阮大铖)(白)：

圆老回来了，大事办得怎么样？

阮大铖(白)：

高、黄、二刘一见信，就高高兴兴答应了，还订好四月二十八日，带着全副仪仗，一齐去浦口迎接哩。

马士英(白)：

好！好！他们是怎样说的？（坐下）

阮大铖（唱）：

他们说受君恩爵封列侯，

镇守江淮，千里安危由我们代筹。

京都尚陷敌手，

京都尚陷敌手，

似咱们滥受功赏糜费兵饷，

身为大将真可羞！

如今去浦口恭迎銮驾，

愿统率貔貅，

扶持新主奉命复仇。

面对大事，

怎么敢夷犹？

马士英（白）：

此外还有谁愿意去？

阮大铖（白）：

还有魏国公徐鸿基、司礼监韩赞周、吏科给事李沾、监察御史朱国昌。

马士英（白）：

勋、卫、科、道都有个把，也就好了。他们都是怎么说的？

阮大铖（唱）：

他们说马中丞当先出头，

众公卿有谁敢逗留？

尽早把职名投，

尽早把职名投，

一同去上书递表，

把福王拥入南京皇州。

立起了中兴新主，

大家都拜舞龙楼，

将今日的劳苦功来赏酬。

提升原有的级别，

任新职大展鸿猷。

马士英(白)：

要真能如此，就妙得很了。只有一件：我是个地方官，那几个武将、勋戚、卫所长官，也算不上各部、院的大臣，目下写劝进表列哪些人的姓名好？

阮大铖(白)：

这还查考什么，把缙绅便览拿来，从头抄写就行了。

马士英(白)：

话虽然这么说，可是万一皇上驾到，没有众多官员迎接，就是我们三五个人，怎么引进殿去？

阮大铖(白)：

我看百官之中，没一个人有定见。皇上一到，只怕递职名的多得挤都挤不上去呢！

马士英(白)：

对，对！劝进表已经写好了，单空下官衔、姓名，把缙绅便览拿来，赶快开列。

书办(拿缙绅便览上)(白)：

这是西河沿洪家书铺的高头便览。(下)

阮大铖(白)：

待我来抄。(歪头远看)这表上的字体，都要写成细笔恭楷的，我眼花难写，这怎么办？(盘算)有办法了。(从腰里取出眼镜戴好，抄写)"吏部尚书臣高弘图"。(手颤抖)这手偏偏又抖起来了。马上等着要走，一时又写不出来，真急死人了！

马士英(白)：

还是让书办写去吧。

阮大铖(白)：

这些姓名还要作番选择，他怎么写得了。

马士英(白)：

你指点清楚，自然就不会错了。(招呼)书办快来！

(书办上)

(阮大铖按缙绅便览教书办抄写)

(书办下)

马士英(白)：

古话说："中原逐鹿，捷足先得"，我们决不能落在别人后边。快穿戴整齐，把行李箱子收拾好，今天一定要出城。

（长班收拾东西）

阮大铖（白）：

请问老公祖，小弟我该怎样穿戴？

马士英（白）：

这是迎立新帝的盛大典礼，比不得平时私下拜客，一定得把朝服穿戴整齐才行。

阮大铖（白）：

我是被罢黜的废员，怎么穿戴朝服？

马士英（白）：

倒是。（盘算）没办法，你暂时充当个捧劝进表的官吧，只是委屈了你一点。

阮大铖（白）：

说到哪里去了，男子汉要建功立业，干什么不可以，到这时候还讲什么刚直方正啊！

马士英（笑）（白）：

妙，妙！这才不愧为软圆老。

阮大铖（换差吏服装）（唱）：

余生原已拼为寒灰彻底休，

喜今朝枯海又有水奔流，

金鳌上钩，

金鳌上钩，

似姜太公在渭水一垂钓，

分封各国传千秋。

纵如牛马困风尘，

暂时受屈又何必发愁？

刀笔吏是做宰相的根由，

别人笑骂，

我丝毫不觉羞。

书办（上）（白）：

表上名单已经列好，请老爷核查。

阮大铖（查看）（白）：

写得不错，马上包好，装进箱子。

（书办包表、装入箱子）

阮大铖（白）：

下官只好把它背起来了。

（书办、长班帮阮大铖捆好箱子、背上）

马士英（看，笑着）（白）：

圆老这回的功劳倒也不小啊！

阮大铖（一脸正经）（白）：

别开玩笑，日后把我这模样画在凌烟阁上，倒也有些神气的。

长班（牵过马）（白）：

天色快晚了，请老爷上马。

马士英（白）：

这迎立皇帝事关重大，不能多带人，就派你们二人跟去吧。

阮大铖（白）：

倒让你们捡了便宜，大功告成，以后都要赏官的。

众人（上马，绕场急走）（合唱）：

趁着斜阳，南山的雨已收，

控着青骢马，经过那烟水驿邮。

金鞭急急抽，

金鞭急急抽，

早望见浦口上空的天子气，

弥漫在楚尾吴头。

我们这批应运而生的英雄，

如虎般驰赴，似龙地奔投，

恨不得生双翅飞空响飕飕，

早到那银烛光下，

去朝拜冕旒。

马士英（白）：

叫下人早点找好旅店。

阮大铖（白）：

哎呀！我们办的是何等重大之事，今天还想睡觉，快快赶路吧！（加鞭快行）

（马士英）江云山气晚悠悠，（阮大铖）马走平川似水流，

（马士英）莫学防风随后到，（阮大铖）涂山明日会诸侯。

拒　　媒　甲申五月

“拒媒”选自原作第十七出。在这出戏中，李香君的处境，由于杨文骢出面劝她嫁给田仰做妾而变得险恶了，她在南明统治阶级里的敌人就更多了。一个青楼女子，为了坚守纯洁的爱情与理想，矢志忠贞于复社进步文人侯方域一人，并曾斥骂阮大铖，退还钗奁，现在，又当面拒绝为田仰说亲的人，这不能不说是难能可贵的。另一方面，从李香君的娇姿病态，和对侯方域的痴情盼望里，也可以进一步全面了解她的性格。

【燕归梁】(末扮杨文骢冠带上)南朝领略风流尽①,新立个妙龄君;清江隔断浊烟尘②,兰署里买香薰③。

下官杨文骢,因叙迎驾之功,补了礼部主事,盟兄阮大铖,仍以光禄起用。又有同乡越其杰、田仰等④,亦皆补官,同日命下,可称一时之盛。目下漕抚缺人⑤,该推升田仰。适才送到聘金三百,托俺寻一美妓,要带往任所。我想青楼色艺之精,无过香君,不免替他去问。(唤介)长班走来。(杂扮长班上)胸中一部缙绅,脚下千条胡同。(见介)老爷有何使唤?(末)你快请清客丁继之、女客卞玉京,到我书房说话。(杂)禀老爷,小人是长班,只认的各位官府,那些串客⑥、表子,没处寻觅。(末)听我吩咐:

【渔灯儿】闹端阳,正纷纭,水阁含春,便有那乌衣子弟伴红裙⑦,难道是织女牵牛天汉津⑧?(杂)就在那

---

① 南朝:原是东晋以后在中国南方相继建立的宋、齐、梁、陈四个朝代的统称。南京是南朝的首都,当时已领略尽南朝风流。 ② 清江:地名,即江苏的清江浦。 ③ 兰署:即兰台,是汉代宫中藏书的地方,设兰台令管理图书。此处用来借指礼部衙门。 ④ 越其杰:贵阳人,官至河南巡抚。田仰:马士英的亲戚,福王称帝后曾巡抚淮阳。 ⑤ 漕抚:负责水道运粮的高级官员。 ⑥ 串客:即清客。 ⑦ 乌衣子弟:指富贵人家的子弟。晋朝大贵族王导、谢安等都曾在南京乌衣巷居住。他们的子弟由此得名。 ⑧ 天汉:即天河。

秦淮河房么？小人晓得了。(末指介)你望着枣花帘影纱纹，那壁厢款问殷勤。

(副净扮丁继之、外扮沈公宪、净扮张燕筑上)院里常留老白相，朝中新聘大陪堂①。(副净)来此是杨老爷私宅，待我叫门。(叫介)位下那里②？(杂出见介)众位何来？(副净)老汉是丁继之，同这沈、张两敝友，求见杨老爷，烦位下通报一声。(杂喜介)正要去请，来的凑巧，待我通报。(欲入介)(老旦扮卞玉京、小旦扮寇白门、丑扮郑妥娘上)紫燕来何早，黄莺到已迟。(小旦叫介)三位略等一等，同进去罢。(副净)原来是你姊妹们。(净)你们来此何干？(丑)大家是一样病根，你们怕做师父，我们怕做徒弟的。(俱入介)(末喜介)如何来的恰好？(众)无事不敢轻造，今日特来恳恩③，尚容拜见。(俱叩介)(末拉起介)请坐，有何见教？(副净问介)新补光禄阮老爷是杨老爷至交么？(末)正是。(副净)闻得新主登极④，阮老爷献了四种传奇⑤，圣心大悦，把《燕子笺》抄发总纲⑥，要选我们入内教演，有这话么？(末)果然有此盛举。(净)不瞒老爷说，我们两片唇，养着

---

① 大陪堂：疑即杨文骢所任礼部主事一职的别称。 ② 位下：对别家仆人的尊称。 ③ 恳恩：请求别人施予恩惠。 ④ 登极：皇帝即位。 ⑤ 传奇：明清以来流行的一种戏曲形式。 ⑥《燕子笺》：系上文提到阮大铖所献四部戏曲中的一部。总纲：戏曲剧本的提纲。

八张嘴。这一入内廷[1]，岂不“灭门绝户了一家儿”[2]？（丑）我们也是八张嘴，靠着两片皮哩。（末笑介）不必着忙，当差承应[3]，自有一班教坊男女；你们都算名士数里，谁好拿你。（众）只求老爷庇护则个[4]！（末）明日开列姓名，送与阮圆海，叫他一概免拿便了。（众）多谢老爷。

【前腔】看一片秣陵春[5]，烟水消魂，借着些笙歌裙屐醉斜曛[6]，若把俺尽数选入呵，从此后江潮暮雨掩柴门，再休想白舫青帘载酒樽。老爷果肯见怜。这功德不小，保秦淮水软山温。

（末）下官也有一事借重。（副净）老爷有何见教？（末）舍亲田仰，不日就升漕抚，适才送到聘金三百，托俺寻一小宠[7]。（丑）让我去罢。（净）你去不得。你去了，这院中便散了板儿了。（丑）怎的便散了板儿？（净）没人和我打钉了。（丑）啐！（副净）老爷意中可有一个人儿么？（末）人

---

① 内庭：指帝王的住所。 ②“灭门绝户了一家儿”：这句话出自元代王实甫所著《西厢记》。引用的意思是说岂不断绝了一家人的生活，和原文本意有所不同。 ③ 当差承应：当时，妓女凡遇到官府举行宴会、长官私人喜庆事等，都要去献歌献舞和劝酒，即承应官差。 ④ 则个：表示祈求的语气助词。 ⑤ 秣陵：古县名，具体位置历代有所变迁，至隋并入江宁（今属江苏）县。此处用作南京的代称。 ⑥ 裙屐：南朝时贵家子弟的衣着。此处借指富贵人家子弟。 ⑦ 小宠：即侍妾。

是有一个在这里，只要你去做伐。(老旦)是那个？(末)便是李家的香君。(副净摇头介)这使不得。(末)如何使不得？(副净)他是侯公子梳栊过的。

【锦渔灯】现有个秦楼上吹箫旧人①，何处去觅封侯柳老三春②，留着他燕子楼中昼闭门③，怎教学改嫁的卓文君。

(末)侯公子一时高兴，如今避祸远去，那里还想着香君哩。但去无妨。(老旦)香君自侯郎去后，立志守节，不肯下楼，岂有嫁人之理？去也无益？

【锦上花】似一只雁失群，单宿水，独叫云，每夜里月明楼上度黄昏。洗粉黛，抛扇裙，罢笛管，歇喉唇，竟是长斋绣佛女尼身④，怕落了风尘。

(末)虽如此说，但有强如侯郎的，他自然肯嫁。(副净)香君之母，原是老爷厚人，倒是老爷面讲更好。(末)你是

---

① 秦楼上吹箫旧人：传说春秋时代，有个善于吹箫的青年叫萧史，秦穆公把也善吹箫的女儿弄玉嫁给了他。此处指侯方域。 ② 觅封侯：求取功名。柳老三春：是说暮春季节，柳枝早已失去嫩色。唐代诗人王昌龄《闺怨》诗中说："忽见陌头杨柳色，悔教夫婿觅封侯。" ③ 燕子楼：在今江苏铜山县西北。唐代礼部尚书张愔为爱妾关盼盼建造此楼。张愔去世，关盼盼便在楼上为他守节。 ④ 长斋：即长年吃斋。斋，是信仰佛、道等宗教的人吃的素食。绣佛：即绣制的佛像。

知道的，侯郎梳栊香君，原是下官作伐。今日觌面①，如何讲说？还烦二位走走，自有重谢。（净、外）这等我们也去走走。（小旦、丑）呸！皮肉行里经纪②，只许你们做么，俺也同去。（末）不必争闹。待他二位说不来时，你们再去。（众）是，是！辞过老爷罢。（末）也不远送了。狎客满堂消我闷③，嫁衣终日为人忙④。（下）（副净、老旦）杨老爷免了咱们差事，莫大的恩典哩！（外、净）正是。（副净）你们四位先回，俺要到香君那边，替杨老爷说事去了。（丑）赚了钱不可偏背⑤，大家八刀才好⑥。（众诨下）（副净、老旦同行介）（副净）记得侯公子梳栊香君，也是我们帮衬来。

【锦中拍】想当初华筵盛陈，配才子佳人，排列着花林粉阵⑦，逐趁着筝声笛韵。如今又去帮衬别家，好不赧颜，似邮亭马斯⑧，迎官送宾。（老旦）我们不去何如？（副净）俺若不去呵，又怕他新铮铮春官匣印⑨，硬选入

---

① 觌（dí 敌）面：相见。 ② 皮肉行里经纪：指妓院生意。 ③ 狎客：此处指亲近、时常一起游乐宴饮的人。 ④ “嫁衣”句：唐代秦韬玉《贫女》中诗句说：“苦恨年年压金线，为他人做嫁衣裳。”意思是辛苦劳累都是为着别人，自己却享受不到劳苦的成果。 ⑤ 偏背：背着人独享。 ⑥ 八刀：即“分”的拆字。 ⑦ 花林粉阵：指成群结队的歌妓。 ⑧ 马斯：管马的人。 ⑨ 春官：礼部的别称。当时教坊司属礼部管辖；杨文骢也在礼部任官。

秋宫院门。(老旦)这等如之奈何?(副净)俺自有个两全之法,到那边款语商量①,柔情索问,做一个闲蜂蝶花里混②。

(老旦)妙,妙!(副净)来此已是,不免竟进。(唤介)贞娘出来。(旦上)空楼寂寂含愁坐,长日恹恹带病眠③。(问介)楼下那个?(老旦)丁相公来了。(旦望介)原来是卞姨娘同丁大爷光降,请上楼来。(副净、老旦见介)令堂怎的不见④?(旦)往盒子会里去了⑤。(让介)请坐,献茶。(同坐介)(老旦)香君闲坐楼窗,和那个玩耍?(旦)姨娘不知:

【锦后拍】俺独自守空楼,望残春,白头吟罢泪沾巾⑥。(老旦)何不招一新婿?(旦)奴家已嫁侯郎,岂肯改志。(副净)我们晓你苦心。今日礼部杨老爷说,有一位大老田仰⑦,肯输二百金娶你作妾,托俺来问一声。(旦)这题目错认,这题目错认,可知定情诗

---

① 款语:慢声细语。 ② 蜂蝶:金、元杂剧、散曲里常把说合男女之事的人叫做蜂媒蝶使。闲蜂蝶,指不上紧做媒的媒人。 ③ 恹(yān 淹)恹:形容因患病而精神疲乏的样子。 ④ 令堂:对别人母亲的尊称。 ⑤ 盒子会:当时南京各妓馆的名妓,结拜为姊妹,每逢清明节,各自食盒盛以美食,聚在一起,比赛歌舞弹奏等技艺,称做盒子会。每逢此会,都招来纨绔子弟和市民观听调笑。 ⑥ 白头吟:相传汉代司马相如娶了卓文君以后,又爱上别人,卓文君因此作《白头吟》诗以抒发她的怨恨。 ⑦ 大老:对德高望重位尊者的敬称。

红丝拴紧①，抵过他万两雪花银。(老旦)这事凭你裁酌，你既不肯，另问别家。(旦)卖笑哂②，有勾栏艳品③，奴是薄福人，不愿入朱门。

(老旦)既如此说，回他便了。(副净)令堂回家，不要见钱眼开。(旦)妈妈疼奴，亦不肯相强的。(副净)如此甚好，可敬！可敬！(起介)别过了。(外、净、小旦、丑急上)两处红丝千里系④，一条黑路六人忙。(净)快去，快去！他二人说成，便偏背我们了。(丑)我就不依他。饶他吃到口里，还倒出脏来⑤。(进介)(净)香君恭喜了！(旦)喜从何来？(小旦)双双媒人来你家，还不喜哩！(旦)敢也说田仰的事么？(净)便是。(旦)方才奴已拒绝了。(外)杨老爷的好意，如何拒得？

【北骂玉郎带上小楼】他为你生小绿珠花月身，寻一

---

① 红丝：传说人间姻缘都由月下老人掌握，应成为夫妇者由月下老人用红线系在双方脚上。此处红丝即指月下老人的红线。 ② 卖笑哂：指妓女的卖笑生涯。哂，也是笑的意思。 ③ 勾栏：即妓院。 ④“两处”句：男女虽远隔千里，但有姻缘之分的，月下老人也会用红色丝线把男女双方的脚系住。 ⑤ 倒出脏来：“倒出赃来”的双关语，“脏”、“赃”同音。从字面上说是翻肠兜肚地呕吐，实际是指将私藏的钱彻底缴出。

个金谷绮罗石季伦[1]。(旦)奴家不图富贵,这话休和我讲。(副净、老旦)我二人在此劝了半日,他决不肯嫁人的。(小旦)他不嫁人,明日拿去学戏,要见个男子的面,也不能够哩。歌残舞罢锁长门[2],卧氍毹夜夜伤神[3]。(旦)奴便终身守寡,有何难哉?只不嫁人。(丑)难道三百两花银,买不去你这黄毛丫头么?(旦)你要银子,你便嫁他,不要管人家闲事。(丑怒介)好丫头,抢白起姨娘来了,我就死在你家!(撒泼介)小私窠贱根[4],小私窠贱根,掉巧舌讪谤尊亲。(净发威介)好大胆奴才!杨老爷新做了礼部,连你们官儿都管的着[5],明日拿去拶掉你指头[6],管烟花要津[7],管烟花要津;触恼他风狂雨迅,准备着桃伤柳损[8]。(旦)尽你吓唬,奴的主意已定了。(老旦)看他小小年纪,倒有志气。(副净)吓他不动,走吧!走吧!(丑)我这里撒泼,没个人来拉拉,气死我也!他不嫁人,我扭也扭他下楼!硬推来门外

---

①"他为"二句:石季伦,即晋朝大富豪石崇,字季伦。他为宠妾绿珠在洛阳西北修建了一所豪华的金谷园。此处借石崇比田仰;绿珠比香君,说杨文骢要替李香君找一个大富大贵的丈夫。 ② 长门:汉宫名。西汉陈皇后失宠于武帝以后曾在长门宫居住。这里借指南明的皇宫。 ③ 氍毹(qú shū 渠书):旧时演戏用来铺地的毛织地毯。 ④ 私窠:指暗娼。⑤"连你"句:你们官儿指教坊司,属礼部管辖。 ⑥ 拶(zǎn 赞上声):古代一种用木制刑具夹手指的刑法。 ⑦ 要津:本意为重要的渡口,一般用来比喻重要的地位。 ⑧ 桃伤柳损:桃、柳皆借指李香君。

双轮，硬推来门外双轮，兜折宝钏①，扯断湘裙②！

(副净)自古有钱难买不卖货，撒了赖当不的。大家散罢。

(外、小旦)我两个原要不来，吃亏老燕、老妥强拉到此③，惹了这场没趣。走！走！走！快出门，掩羞面，气忍声吞。

(净、丑)我们也走罢。干发虚④，没钞分，遗臊撒粪。

(外、净、小旦、丑俱诨下)(副净、老旦)香君放心，我们回绝杨老爷，再不来缠你便了。(旦拜介)这等多谢二位。(作别介)

(副净)蜂媒蝶使闹纷纷，(旦)阑入红窗搅梦魂⑤。(副净)一点芳心采不去，(旦)朝朝楼上望夫君。

【翻译】

杨文骢(穿官服木冠上)(唱)：

在南朝已把风流领略尽，

到如今又新立了少年国君。

清江浦隔断了北方的浑浊烟尘，

我且在礼部衙中买香来熏。

(白)：下官杨文骢，因奖赏我迎立新帝之功，当上了礼部

---

① 兜折：拗折。 ② 湘裙：即缃裙。缃，淡黄色。 ③“吃亏”句：意为被张燕筑、郑妥娘强拉来而吃亏、倒霉。 ④ 干发虚：即白白着急费力。发虚，疑为发虚火，即着急。 ⑤ 阑入：即擅自闯入。

主事。结拜兄长阮大铖仍以光禄寺卿起用。还有越其杰、田仰等几位同乡，也都委任了官职。诸人任命，同一天下来，称得上是近来的盛事。眼下缺少一位漕抚，该轮到田仰升任。刚才他送来三百两聘礼银子，托我给他找一位美貌妓女，要带到任所去。我想这歌楼妓馆里，论到貌美艺精，没有比得上香君的。不免替他问一问去。（招呼）长班过来。

长班（上）（白）：

胸中一部缙绅，脚下千条胡同。（见杨文骢）老爷有什么吩咐？

杨文骢（白）：

你快去把清客丁继之、女客卞玉京请到我书房说话。

长班（白）：

回老爷的话，我是长班，只认得各位老爷的官府，那些清客、妓女，我可找不着。

杨文骢（白）：

听我告诉你：

（唱）：庆赏端阳，

而今正热闹纷纭，

秦淮水阁春意蕴，

在那里便有那乌衣子弟伴着红裙；

难道是要你去牵牛织女的天汉津？

长班（白）：

就在那秦淮河房吗？我知道了。

杨文骢（用手指）（唱）：

你望着那枣花帘影杏黄的纱纹，

到那里去殷勤动问。

丁继之、沈公宪、张燕筑（上）（白）：

院里常留老白相，朝中新聘大陪堂。

丁继之（白）：

来此已是杨老爷家。我去叫门。（叫门）门上哪位在？

长班（出来看）（白）：

各位从哪里来？

丁继之（白）：

老汉我叫丁继之，和沈公宪、张燕筑两位敝友，求见杨老爷，烦您通报一声。

长班（高兴）（白）：

正要去请，来得凑巧。等我去禀报一声。（欲进去）

卞玉京、寇白门、郑妥娘（上）（白）：

紫燕来何早，黄莺到已迟。

寇白门（招呼）：

三位略等一等，咱们一起进去吧。

丁继之(白):

原来是你们姊妹。

张燕筑(白):

你们到这儿干什么来了?

郑妥娘(白):

咱们大家得的是一种病:你们怕当师父教戏;我们怕当徒弟学戏。

(众人一起入内)

杨文骢(欣喜)(白):

怎么来得这样凑巧?

众人(白):

没事不敢轻易打搅,我们今天特意来求老爷开恩。先给老爷叩头。

(众人叩头)

杨文骢(拉起众人)(白):

大家请坐。到这儿来有什么事?

丁继之(问):

新任光禄寺卿的阮老爷是杨老爷的好朋友吗?

杨文骢(白):

是呀。

丁继之(白):

听说新天子即位,阮老爷献上四种戏曲。皇上很高兴，把《燕子笺》抄成纲要，要选我们进宫教演，有这事吗？

杨文骢（白）：

确实有这件盛事。

张燕筑（白）：

不瞒杨老爷说，我们两片嘴皮，养活着八口人；这一进宫，不是断了一家人生活的来路吗？

郑妥娘（白）：

我们也是八张嘴，靠着两片皮哩。

杨文骢（白）：

不必着急，应承官差，自然有那一般的教坊中人。你们都算名人，谁好意思来拿你们去？

众人（白）：

只求杨老爷保护！

杨文骢（白）：

明天把你们开个名单，交给阮圆海，让他全都免拿就是了。

众人（白）：

多谢杨老爷了！

（唱）：看一片秣陵春景，

烟霭碧水尽销魂，

乌衣子弟正借着笙歌沉醉斜阳影。

(白):要是把我们全都选进宫啊,

(唱):从此后只有江湖暮雨声,

伴着那紧掩的柴门,

再不能坐白舫悬春帘载酒行。

(白):老爷果肯可怜我们,就积了大德。

(唱):保护住秦淮河水碧山温。

杨文骢(白):

下官也有一件事要借重你们。

丁继之(白):

杨老爷有什么吩咐?

杨文骢(白):

我的亲戚田仰,很快就要升任漕抚。他刚刚送来聘礼银三百两,托我给他找一位侍妾。

郑妥娘(白):

让我去吧!

张燕筑(白):

你不能去。你一去,这妓馆里就散摊了。

郑妥娘(白):

怎么没我就散摊了?

张燕筑(白):

没人和我打钉了。

郑妥娘(白):

呸！

丁继之(白)：

老爷心里可已有了个人吗？

杨文骢(白)：

人是有一个在这里，只要你去说媒。

卞玉京(白)：

是谁？

杨文骢(白)：

便是李家的香君。

丁继之(摇头)(白)：

这可不行。

杨文骢(白)：

怎么不行？

丁继之(白)：

她是侯公子梳栊过的。

(唱)：她现有个在秦楼同吹箫的旧人，

去他处觅封侯今已柳老春深，

留着她在燕子楼中昼闭门，

怎教她学那再嫁的卓文君。

杨文骢(白)：

侯公子一时的兴头，现已躲灾远逃了，哪里还会惦记着香君呢。你只管去说没关系。

卞玉京(白):

香君从侯公子走了以后，立志守节，连楼都不下，哪有另嫁别人的道理？去也没用。

(唱):她像孤雁失了群，

水畔独宿，

云间孤鸣，

明月照楼夜夜凄清度黄昏。

洗却粉黛，

抛去了歌扇舞裙，

摒退乐器，

停了歌声，

竟成在绣佛前长斋的女尼身，

怕重落了风尘。

杨文骢(白):

话虽是这么说，只要有比侯公子强的人，她自然就愿意嫁了。

丁继之(白):

香君的母亲原和杨老爷有深交，倒是您自己去当面讲更好。

杨文骢(白):

你是知道的，侯公子梳栊香君原是我做的媒。现在见了面，怎么开口？还得麻烦你们二位走一趟，事成自然重重酬谢。

张燕筑、沈公宪（白）：

那我们也去走走。

寇白门、郑妥娘（白）：

呸！妓院里的生意，只许你们干吗？我们也一起去！

杨文骢（白）：

不要争吵，如果他们两人说不成，你们再去。

众人（白）：

是，是！杨老爷，我们走了。

杨文骢（白）：

不远送了。狎客满堂消我闷，嫁衣终日为人忙。（下）

丁继之、卞玉京（白）：

杨老爷免了咱们进宫当差，真是大恩大德呀！

沈公宪、张燕筑（白）：

是呀！

丁继之（白）：

你们四位先回去。我们要找香君，替杨老爷说那件事去了。

郑妥娘（白）：

赚钱不能独吞，大伙“八刀”才行。

(众人打诨下)

(丁继之、卞玉京同行)

丁继之(白):

记得侯公子梳栊香君,也是咱们去助兴凑热闹。

(唱):想当初开华筵真是盛,

才子配合佳人,

排列着花林粉阵,

配合着筝声笛韵。

(白):现在又去帮别家,真难为情!

(唱):如邮亭马夫,才迎官又送客。

卞玉京(白):

咱们不去如何?

丁继之(白):

要是不去,又怕他

(唱):新捧上礼部官印,

把我们硬选入皇宫的院门。

卞玉京(白):

这可怎么办?

丁继之(白):

我有个两全之法。到了那儿

(唱):软语商量,柔情探问,

做个不着紧的蜂蝶在花里混。

卞玉京(白):

好! 好!

丁继之(白):

到了,咱们进去。(招呼)贞娘出来。

李香君(上)(白):

空楼寂寂含愁坐,长日恹恹带病眠。(问)楼下是谁?

卞玉京(白):

丁相公来了。

李香君(向下望)(白):

原来是卞姨妈和丁大爷光临。请上楼来。

丁继之、卞玉京(与李香君相见)(白):

你母亲怎么不在?

李香君(白):

赴盒子会去了。(让坐)两位请坐,请用茶。

(众人一起坐下)

卞玉京(白):

香君闲坐楼窗,和谁玩耍?

李香君(白):

您不知道,

(唱):我独守空楼,

望着残春,

低唱罢《白头吟》，

清泪沾巾。

卞玉京（白）：

为什么不再招个新女婿？

李香君（白）：

我已经嫁给侯郎，怎肯改志。

丁继之（白）：

我们知道你一片苦心。今天礼部杨老爷说，有个大老田仰，愿出三百两银子，娶你作妾，托我们来问一声。

李香君（唱）：

这可是作文把题目错认，

作文把题目错认，

可知道定情诗如红线般拴紧，

抵得上别人万两雪花银。

卞玉京（白）：

这事由你自己定。你既然不愿意，就另找别人。

李香君（唱）：

出卖笑哂，

自有勾栏中艳丽身。

我是薄福人，

不愿入豪门。

卞玉京（白）：

既然如此，我们回绝杨老爷就是了。

丁继之(白)：

你母亲回来，可别见钱眼开。

李香君(白)：

妈妈疼爱我，也不会勉强我的。

丁继之(白)：

如此甚好，可敬！可敬！(起身)我们走了。

沈公宪、张燕筑、寇白门、郑妥娘(急上)(白)：

两处红丝千里系，一条黑路六人忙。

张燕筑(白)：

快点，快点！他们办成事，就没咱们的份了！

郑妥娘(白)：

我就不依他。哪怕他吃进嘴里，也得“倒出脏来”。

(众人进门)

张燕筑(白)：

恭喜香君！

李香君(白)：

哪里来的喜？

寇白门(白)：

媒人成双成对往你家跑，还不喜吗！

李香君(白)：

难道也是说田仰的事吗？

张燕筑(白):

对呀!

李香君(白):

奴刚才已经回绝他们了。

沈公宪(白):

杨老爷的好意,如何能回绝呢?

(唱):他为你娇小绿珠如花似月身,

寻了个金谷园绮罗丛里的石季伦。

李香君(白):

奴家不贪图富贵,这话别对我讲。

丁继之、卞玉京(白):

我们在此劝说半天了,她是决不肯嫁人的。

寇白门(白):

她不嫁人,赶明儿捉进宫去学戏,想见个男人的面都不行哩。

(唱):歌残舞罢深锁在长门,

伴氍毹夜夜孤卧暗伤神。

李香君(白):

奴即使终身守寡,又有何难,就是不嫁人!

郑妥娘(白):

难道三百两白花花的银子,还买不去你个黄毛丫头?

李香君(白):

你想要银子,你去嫁他,别来管人家的闲事。

郑妥娘(怒白):

好丫头,顶撞起你姨妈来了,我这就死在你家!(撒泼耍赖)

(唱):小娼妇贱根!小娼妇贱根!

掉弄巧舌!毁骂尊亲!

张燕筑(发威)(白):

好大胆的奴才!杨老爷新做了礼部大官,连你们教坊司的官都归他管。明天把你抓进去,拶掉你的手指头!

(唱)教坊司归杨老爷掌定,

教坊司归杨老爷掌定,

你惹恼他便风狂雨迅,

小心着桃伤柳损。

李香君(白):

你尽管吓唬,我主意已定。

卞玉京(白):

看她小小的年纪,倒挺有志气。

丁继之(白):

吓唬不倒她,走吧,走吧。

郑妥娘(白):

我一个人在这儿撒泼，也没人来拉一拉，气死我了！她不嫁人，我扭也要把她扭下楼。

(唱)：硬把车儿推近门，

硬把车儿推近门，

撅折她头上宝钏，

扯破她身上淡黄裙。

丁继之(白)：

自古有钱难买不卖的货，撒泼耍赖也没用。大家散了吧。

沈公宪、寇白门(白)：

我们两个原想不来，吃了老燕、老妥的亏，被硬拉到这里，讨了一场没趣。走！走！走！

(唱)：快出门，

掩着含羞面，

我们忍气又吞声。

张燕筑、郑妥娘(白)：

我们也走吧。

(唱)：白白地发虚火，

银钱没得分，

只落得遗臊撒粪。

(沈公宪、张燕筑、寇白门、郑妥娘打诨下)

丁继之、卞玉京(白)：

香君请放心,我们去回绝杨老爷,再也不来缠你了。

李香君(拜谢)(白):

那就太感谢二位了。

(众人告别)

(丁继之)蜂媒蝶使闹纷纷,(李香君)阑入红窗搅梦魂。

(丁继之)一点芳心采不去,(李香君)朝朝楼上望夫君。

争　　位　甲申五月

“争位”选自原作第十八出。当时的北方，李自成农民军还十分活跃；已占据北京的清兵正在准备南下，然而在这危机四伏的时候，南明王朝内部却是一片混乱。这出戏揭示了其内部矛盾的另一个方面：大敌当前，多拥重兵、专横跋扈的四镇武将却互不服气，甚至为争夺繁华富庶的扬州而钩心斗角，相互残杀。他们公然违抗将令，竟在最高指挥官史可法的帅府前火并起来，被史可法强令遣散后，又宣称“国仇犹可恕，私恨最难消”，将领们个人之间的争吵更演成各镇军队之间的军事冲突。在无尽无休的内讧中，南明自身的力量极大地削弱了，他们既没法对付农民起义部队，更无力独自抵御南侵的清兵。面对不可调和的内部纷争，南明王朝统治阶级内部唯一比较清醒的人物史可法，也只能仰天慨叹，一筹莫展，眼看着半壁河山的沦亡。

（生上）无定输赢似弈棋，书空殷浩欲何为①？长江不限天南北，击楫中流看誓师②。小生侯方域，前日替史公修书，一时激烈，有"三大罪、五不可立"之议。不料福王今已登极，马士英竟入阁办事③，把那些迎驾之臣，皆录功补用。史公虽亦入阁，又令督师江北，这分明有外之之意了。史公却全不在意，反以操兵剿贼为喜。如此忠肝义胆，人所难能也。现在开府扬州④，命俺参其军事。约定今日齐集四镇，共商防河之计，不免上前一问。（作至书房介）管家那里？（小生扮书童上）侯爷来了，待我通报。

---

① 书空殷浩：东晋将领殷浩率兵出征姚襄，兵败后，在家整天用手指在空中写"咄咄怪事"四个字。书空，是用手指在空中写字。 ② 击楫中流：东晋元帝时，祖逖统兵北伐，在渡江时击楫宣誓，一定要收复中原。 ③ 入阁办事：阁指明代皇宫中的文渊阁，通称内阁。明代中叶以后，大学士（官职名）的职权渐与宰相相似，他们须入文渊阁当值，参与、处理机务。入阁办事即以大学士身份至文渊阁轮值。 ④ 开府：开建府署，自选僚属。

(小生请外介)

【北点绛唇】(外上)持节江皋①,龙骧虎啸②,忧国事,不顾残躯,双鬓苍白了。

(见生介)世兄可知今日四镇齐集,共商大事,不日整师誓旅,雪君父之仇了。(生)如此甚妙。只有一件:高杰镇守扬、通③,兵骄将傲,那黄、刘三镇,每发不平之恨。今日相见,大费调停,万一兄弟不和,岂不为敌人之利乎?(外)所说极是。今日相见,俺自有一番劝慰之言。(小生报介)辕门传鼓,说四镇到齐,伺候参谒④,(生下)(外升帐吹打开门;杂排左右仪卫介)(副净扮高杰、末扮黄德功、丑扮刘泽清、净扮刘良佐,俱介胄上⑤)只恨燕京无乐毅⑥,谁知江左有夷吾⑦,

① 持节江皋:奉命督军镇守江边。 ② 龙骧虎啸:形容将帅的威武。骧是骏马昂首奔驰的神态。 ③ 扬、通:即扬州、通州。 ④ 参谒:参见、进谒,指进见尊者或长者。 ⑤ 介胄:即甲胄,武士的衣甲头盔。 ⑥“只恨”句:燕京,先秦时期燕国的国都,也指明、清时期的首都北京。此处兼具这两种意思。乐毅,战国时期燕国著名军事家。燕昭王时,曾率领燕、赵、楚、韩、魏五国军队,攻下齐国七十余座城。 ⑦ 江左:即江东。夷吾:是春秋时期齐国丞相管仲的字,他曾辅佐齐桓公富国强兵,使齐国成为春秋五霸之一。东晋有人把当时有名的宰相王导称为江左夷吾。这两句一方面是慨叹驻守北京的明朝将领无能,没能抵挡住李自成农民起义军;另一方面是赞扬史可法,说他如同东晋的王导。

(入见,禀介)四镇小将,叩谒阁部大元帅①。(拜介)(外拱手立介)列侯请起。(副净等俱排立介)听候元帅将令。(外)本帅以阁部督师,君命隆重,大小将士俱在指挥之下。(众)是。(外)四镇乃堂堂列侯,不比寻常武弁②。(举手介)屈尊侍坐,共议军情。(众)岂敢。(外)本帅命坐,便如军令一般,不可推辞。(众)是。(揖介)告坐了。(副净首坐,末、丑、净依次坐介)(末怒视副净介)

【混江龙】(外)淮南险要,江河保障势滔滔,一带奇云结阵,满目细柳垂条。铁马嘶风先突塞,犀军放弩早惊潮③。说什么徐、常、沐、邓④,比得上绛、灌、萧、曹⑤。同心共把乾坤造,看古来功臣阁丹青图画,似今日列侯会剑佩弓刀。

---

① 阁部大元帅:因史可法以内阁大学士兼领兵部尚书,故四将这样称呼他。 ② 武弁:武官、武士。 ③"铁马"二句:上句说敌军战马嘶鸣着风驰电掣南下进攻,先要突破这里的防御;下句说大军要在此处坚守,击退进攻者。两句是强调淮南地区在军事上的重要。塞,即边防要塞。犀军,穿着犀甲的部队,指装备精良的军队(因古代犀不易得)。放弩早惊潮,相传五代时吴越王钱镠曾率领五千弓弩手射退海潮。此处是以海潮比喻进攻者。 ④ 徐、常、沐、邓:即徐达、常遇春、沐英、邓愈,他们都是明朝开国功臣。 ⑤ 绛、灌、萧、曹:即绛侯周勃、灌婴、萧何、曹参,他们都是西汉的开国功臣。

（末怒介）元帅在上，小将本不该争论。（指介）这高杰乃投诚草寇[1]，有何战功，今日公然坐俺三镇之上？（副净）我投诚最早，年齿又尊，岂肯居尔等之下？（丑）此处是你汛地[2]，我们都是客兵，连一个宾主之礼不晓得，还要统兵。（净）他在扬州享受繁华，尊大惯了，今日也该让咱们来享享。（副净）你们敢来，我就奉让。（末）那个是不敢来的？（起介）两位刘兄同我出来，即刻见个强弱。（怒下）（外向副净介）他讲的有理。你还该谦逊才是。（副净）小将宁死不在他们之下。（外）你这就大错了。

【油葫芦】四镇堂堂气象豪，倚仗着恢复北朝。看您挨肩雁序[3]，恰似好同胞，为甚的争坐位失了同心好，斗齿牙变了协恭貌[4]？一个眼睁睁同室操戈盾，一个怒冲冲平地起波涛。没见阵上逞威风，早已窝里相争闹，笑中兴封了一伙（指介）小儿曹[5]。

不料四镇英雄，可笑如此。老夫一天高兴，却早灰冷一半也。没奈何，且出张告示，晓谕三镇，叫他各回汛地，听候调遣。（向副净介）你既驻扎本境，就在本帅标下

① 高杰乃投诚草寇：高杰原来是李自成部下，后向明朝政府投降。草寇，是对李自成农民军的蔑称。 ② 汛地：明代称军队防守之地。 ③ 挨肩雁序：依次排列的意思。 ④ 协恭貌：和睦、恭敬的样子。 ⑤ 小儿曹：小儿们。

做个先锋①，各有执掌，他们也不敢再来争闹了。(副净)多谢元帅。(外)待老夫写起告示来。(写介)(内呐喊介)(副净不辞，出介)(末、丑、净持刀上)高杰快快出来！(副净出见介)你青天白日，持刀呐喊，竟是反了！(末)我们为什么反，只要杀你这个无礼贼子！(副净)你们敢在帅府门前如此放肆，难道不是无礼贼子么？(末、丑、净赶杀副净介)(副净入辕门叫介)阁部大老爷救命呀！黄、刘三贼杀入帅府来了！(末、丑、净门外喊骂介)(外惊立介)

【天下乐】俺只道塞马南来把战挑②，杀声渐高，却是咱兵自鏖③。这时候协力同仇还愁少，怎当的阋墙鼓噪④，起了个离间根苗。这才是将难调，北贼易讨⑤。

(吩咐介)快请侯相公出来。(杂向内介)侯爷有请。(生急上)晚生已听的明白了。(外)借重高才，传俺帅令，安抚乱军。(生)如何安抚？(外)老夫有告示一纸，快去晓谕他们便了。(生)遵命。(接告示出见介)列侯请了！小弟乃本府参谋，奉阁部大元帅之命，晓谕三镇知悉：恭逢新主中

---

① 标下：部下、属下。标，是旗帜，古时将帅统兵都树立表明其地位、姓名的旗帜。 ② 塞马：主要指李自成农民军和即将入关的清兵。塞，边关，此处专指北方边关。 ③ 自鏖(áo 敖)：自相厮杀。 ④ 阋(xì 戏)墙：意为兄弟间发生争斗，此处形容内部冲突。 ⑤ 北贼：是对李自成农民军的蔑称。

兴，闯贼未讨①，正我辈枕戈待旦②、立功报效之时，不宜怀挟小忿，致乱大谋。俟收复中原、太平赐宴，论功叙坐，自有朝仪③。目下军容匆遽④，凡事权宜，皆当相谅，无失旧好。兴平侯高，原镇扬、通，今即留在本帅标下，委作先锋。靖南侯黄，仍回庐、和⑤。东平侯刘，仍回淮、徐。广昌侯刘，仍回凤、泗⑥。静听调遣，勿得抗违。军法懔然，本帅不能容情也。特谕。（末）我们只要杀无礼贼子，怎敢犯元帅军法！（生）目今辕门截杀，这就是军法难容的了。（丑）既是这等，不要惊着元帅，大家且散。（净）明日杀到高杰家里去吧！正是"国仇犹可恕，私恨最难消"。

（下）（生入见介）三镇闻令，暂且散去，明日还要厮杀哩。（外）这却怎处？（指副净介）

【后庭花】高将军，你横将仇衅招，为甚的不谦恭、妄自骄？坐了个首席乡三老⑦，惹动他诸侯五路刀。

---

① 闯贼：对闯王李自成的蔑称。 ② 枕戈待旦：字面意为头枕兵器，坚守到天亮，此处形容保持警惕，一刻也不放松斗志。 ③ 朝仪：朝廷礼仪、国家仪制。 ④ 匆遽：匆促、紧迫的意思。 ⑤ 庐、和：即庐州（在今安徽合肥地区）、和州。 ⑥ 凤、泗：凤阳府（在今安徽凤阳）、泗州（属凤阳府）。 ⑦ 乡三老：汉代在每乡选出五十岁以上的老人一名，掌管一乡的教化，称作"乡三老"。

凭仪秦一番舌战巧①，也不过息兵半晌饶②。费调停，干焦躁，难消释，空懊恼。这情形何待瞧，那事业全去了。

(副净)元帅不必着急，明日和他见个输赢，把三镇人马并俺一处，随元帅恢复中原，却亦不难也。(外)你说的是那里话。现今流寇北来，将渡黄河，总兵许定国不能阻挡③，连夜告急。正要与四镇商议，发兵防河；今日一动争端，偾俺大事④，岂不可忧！(副净)他三镇也不为别的，只因扬州繁华，要来夺取，俺怎肯让他！(外)这话益发可笑了。

【煞尾】领着一枝兵，和他三家傲，似累卵泰山压倒⑤。你占住繁华廿四桥，竹西明月夜吹箫⑥，他也

---

① 仪秦：即张仪、苏秦，都是战国时有名的游说之士。 ② 息兵半晌饶：停战半晌多。晌，半天的时间。 ③ 许定国：明末人，河南总兵，曾杀死高杰，投降南下清兵。 ④ 偾（fèn奋）：毁坏、败坏的意思。 ⑤“领着”三句：意为高杰率领属下军队和三镇为敌，结果会像泰山压卵一样粉身碎骨。 ⑥“你占住”二句：唐代诗人杜牧《扬州》诗中有“二十四桥明月夜，玉人何处教吹箫”的句子，此处化用，意为高杰驻扎扬州，享尽都市繁华。竹西，即竹西亭，在扬州北门外。

想隋堤柳下安营巢，不教你蕃禧观独夸琼花少①。

谁不羡扬州鹤背飘？妒杀你腰缠十万好②，怕明日杀声咽断广陵涛③。

罢，罢，罢！老夫已拼一死，更无他法。侯兄长才，只索凭你筹画了。（生）且看局势，再做商量。（外、生下）（吹打掩门，杂俱下）（副净吊场介④）俺高杰也是一条好汉，难道坐以待毙不成？明早黄金坝上，点齐人马，排下阵势，等他来时，迎敌便了。正是：

龙争虎斗逞雄豪，杯酒筵边动剑刀，

①"他也"二句：隋堤柳下，指扬州。据史书记载：隋代开邗沟经扬州入长江，沟边筑堤，沿堤遍种杨柳。蕃禧（xǐ喜）观，汉代曾在扬州城外造琼花观，至宋代改名蕃禧观。琼花，一种十分珍贵的植物，蕃禧观原有一株，到元代枯死。二句意为，三镇也想来占据扬州，不让高杰独霸这里。②"谁不"二句：南朝人殷芸所作《小说》一书有一个故事：从前几个人在一起谈志向，第一个说要做扬州刺史，第二个说想有很多钱，第三个说想骑鹤上天。其中一人说："我愿腰缠十万贯，骑鹤下扬州。"把所有好处都占了。这里暗指高杰在扬州的贪暴，也表现了三镇的嫉妒。③广陵：扬州的古称。④吊场：中国戏曲中的术语，其他角色已经下场，独留一人表白一番后再下场，称做吊场。

刘项何须成败论①，将军头断不降曹②。

【翻译】

侯方域(上)(白)：

无定输赢似弈棋，书空殷浩欲何为？长江不限天南北，击楫中流看誓师。小生侯方域，前几天替史公起草书信，反对迎立福王，一时冲动，提出“三大罪，五不可立”之说。没想到福王已经即位，马士英竟入内阁办事，把那些迎立的臣僚全都记功授职。史将军虽然也授职内阁，却又奉命到江北督军，这显然是皇帝疏远他的意思了。史公却一点也不介意，反倒为能练兵杀敌而高兴。这样的忠义心肠，真是难能可贵。他现在开府于扬州，让我参与军机大事。约定了今天聚集高、黄、二刘四镇，共同商讨沿江防务。我免不得前去问问。(来到书房)管家在么？

书童(上)(白)：

侯爷到了。等我去通报一声。(请出史可法)

---

① 刘项：即刘邦、项羽，都是秦末农民起义军的领袖。② 将军头断不降曹：系合用三国故事中关羽、严颜之事。关羽被曹操打败与刘备失散后，又被曹兵围困。他对前来劝降的曹将张辽提出曹操答应只降汉不降曹等三件事以后才归顺。严颜是刘璋的将官，驻守巴郡。他被张飞擒获后，曾一度拒绝投降，说“只有断头的将军，没有投降的将军”。

史可法(上)(唱):

奉命镇守江皋,

军容威似龙腾虎啸。

忧心国事,

不顾残躯,

双鬓已苍白了。

(与侯方域相见)(白):世兄可知道么,今天四镇聚会,共同商讨军机要务,不久就要兴兵誓师,为君上报仇了。

侯方域(白):

这太好了。但有一件:高杰镇守扬、通二州,兵骄将傲,黄得功、刘泽清、刘良佐三镇,时常以不平而发恨。今天大家见面,调停起来恐怕十分费力。万一兄弟不和,岂不成为敌人之利么?

史可法(白):

你说得很对。今天见面,我自有一番劝慰的话。

书童(报告):

辕门击鼓传报,说四镇到齐,等候参见元帅。

(侯方域下)

(史可法升帐,鼓乐吹奏,大门打开,仪卫分左右排列)

(高杰、黄得功、刘泽清、刘良佐披甲戴盔上)

只恨燕京无乐毅,谁知江左有夷吾。

(进帐见史可法,禀告):

四镇的小将叩拜阁部大元帅。(叩拜)

史可法(站立,行拱手礼)(白):

各位请起来。

四镇(排立)(白):

听候元帅将令。

史可法(白):

本帅以内阁大学士督率大军。君命隆重,所有将士都在我指挥之下。

四镇(白):

是。

史可法(白):

四位是堂堂的列侯,不是一般武官,(举手示意)屈尊在旁边坐下来,一起商讨军情。

四镇(白):

不敢。

史可法(白):

本帅命令坐下,就和军令一样,不许推辞。

四镇(白):

是。(作揖)告坐了。(高杰坐第一位,黄得功、刘泽清、刘良佐依次坐下)(黄得功怒视高杰)

史可法(唱):

淮南险要,

有江河屏障水势滔滔，

这一带奇云如结阵，

满目是细柳垂枝条。

南侵铁骑嘶长风，

定先把这要塞来攻剽，

咱们的精兵要早放弩箭惊海潮。

说什么徐、常、沐、邓，

众将军比得上灌、绛、萧、曹，

同心再把家国造。

看古来功臣阁上丹青图画，

都似今日列侯聚会佩弓刀。

黄得功（发怒）（白）：

元帅在上，小将本不应当争论。（指高）这高杰乃是投降的草寇，有什么战功，今日居然坐在我们三镇的上手？

高杰（白）：

我投诚最早，年纪又长，怎能坐在你们下面？

刘泽清（白）：

这里是你驻扎的地区，我们都是外来兵马。你连宾主之礼都不懂，还配带兵！

刘良佐（白）：

他驻扬州享受荣华，妄自尊大惯了，现在也该轮到咱们享受享受。

高杰(白):

只要你们敢来,我就双手奉送!

黄得功(白):

谁不敢来?(起身)两位刘兄同我出来,立刻和他比个高低!(怒下)

史可法(向高杰)(白):

他们说得有理,你还该谦让些才是。

高杰(白):

小将宁死也不居他们之下。

史可法(白):

你这就大错了。

(唱):堂堂四镇气象豪,

恢复北国把你们依靠。

看你们挨肩相次如同好同胞,

为什么争座位失却了同心友好,

唇枪舌剑变却了协和恭谨貌?

一个眼睁睁同室操戈矛,

一个怒冲冲平地起波涛。

没见你们阵上逞威风,

早已窝里相争闹,

笑中兴圣朝封了伙(指四镇)小儿曹。

(白)：没想到四镇的英雄，如此可笑。老夫的一天高兴，早已凉了一半！没办法，只好先出张告示，晓喻黄、刘三镇，叫他们各回原地驻扎，等候调遣。(向高杰)你既然在此地驻扎，就在本帅标下做个先锋。大家各有职掌，他们也就不敢再来争闹了。

高杰(白)：

多谢元帅！

史可法(白)：

待老夫写起告示来。(书写)

(内呐喊)

(高杰不辞史可法，竟自走出)

黄得功、二刘(持刀上)(白)：

高杰赶快出来！

高杰(白)：

你们在光天化日之下，持刀呐喊，简直是反了！

黄得功(白)：

我们为什么造反，我们只想杀死你这无礼的贼子！

高杰(白)：

你们胆敢在帅府前面这样撒野，难道就不是无礼的贼子吗？

(黄得功、刘泽清、刘良佐追逐欲杀高杰)

高杰(跑进军营门叫喊)(白)：

阁部大老爷救命呀！黄、刘三贼杀进帅府来了！

（黄得功、刘泽清、刘良佐在军营门外叫喊辱骂）

史可法（惊骇站立）（唱）：

我只道北骑南侵来把战挑，

喊杀声渐高，

却原来自家军马把战鏖。

这时候协力同仇还愁人力少，

怎禁得兄弟阋墙相鼓噪，

形成了被离间的根苗。

这才是诸将难协调，

反不如北贼容易讨。

（吩咐）（白）：

快把侯相公请来。

书童（向内招呼）（白）：

有请侯爷！

侯方域（急上）（白）：

晚生已经都听明白了。

史可法（白）：

借重你的大才，代我传下帅令，安抚乱军。

侯方域（白）：

怎样安抚？

史可法（白）：

老夫有一张告示,快拿去晓谕他们便了。

侯方域(白):

遵命!(接过告示,出帐见众将)列侯请了。小弟是元帅府参谋,奉阁部大元帅的命令,晓谕三镇知道:幸遇圣主中兴大明,但李自成贼军还未讨伐,正是我们枕戈待旦,立功报答国家的时候,不应记着小怨,以致坏了天下大事。等到收复北方,皇帝赐赏太平宴席,那时候按功劳排定座次,自有朝廷仪制。眼下军情紧迫,一切从权行事,大家都要互相谅解,不要伤了往日的友好。兴平侯高,原来镇守扬州、通州,现留在本帅部下,委任为先锋。靖南侯黄,仍然还驻庐州、和州。东平侯刘,仍然还驻淮安、徐州。广昌侯刘,仍然还驻凤阳、泗州。静听调遣,不得违抗。军法森严,本元帅不能留情面。特此谕知。

黄得功(白):

我们只要杀高杰这无礼的贼子,哪里敢冒犯元帅的军法!

侯方域(白):

今天在辕门前截杀,这就是军法难容的事了。

刘泽清(白):

既然如此,咱们别惊着元帅,大家且先散了。

刘良佐(白):

明天杀到高杰家里去吧！正是："国仇犹可恕，私恨最难消。"(下)

侯方域(入见史可法)(白)：

三镇听到命令，已暂时散去，明天还要与高杰厮杀。

史可法(白)：

这可怎么办？(指高杰)

(唱)：高将军，你无端把事衅招，

为什么不谦恭妄自骄傲？

坐上了个首席好似乡三老，

惹动了他诸侯的五路刀。

凭侯生赛仪秦一番舌战巧，

也不过息兵半晌暂相饶。

费调停，徒焦躁；

仇难解，空懊恼。

今日这形势何待瞧，

中兴事业已然全去了。

高杰(白)：

元帅不用着急。我明天和他们拼个输赢，把他们三处人马全归并到我这里，跟随元帅收复北方，却也不难。

史可法(白)：

你说的是哪里话。如今流寇由北打来，就要渡过黄河。总兵许定国不能抵挡，连夜报急。我正要找你们四镇商量,派兵马防守黄河。现今争端一起,坏了我的大事,怎不令人发愁!

高杰(白):

他们三镇也不为别的,只为扬州繁华,要来夺取,我怎能让他们!

史可法(白):

这话更可笑了。

(唱):你领着一支兵,

向他三家逞骄傲,

似累卵定被泰山来压倒。

你占住了繁华的廿四桥,

还有那竹西亭明月夜玉人吹箫。

他也想在隋堤柳下安营巢,

不让你独夸蕃禧观琼花天下少。

谁不羡骑鹤上扬州,身在鹤背飘,

妒杀你腰缠十万贯真是好,

怕的是明日杀声咽绝了广陵涛。

(白):罢!罢!罢!老夫已拼却一死,再也没别的办法;侯兄才高,只有靠你出谋划策了。

侯方域(白):

先看局势怎样,再商量吧。

(史可法、侯方域下)

（鼓乐吹奏，闭门，仪卫一起下）

高杰（留下，独白）：

我高杰也是一条好汉，难道坐着等死不成？明天一早，在黄金坝上，点齐人马，排开战阵，等他们来时，迎敌便了。正是：

龙争虎斗逞雄豪，杯酒筵边动剑刀，

刘项何须成败论，将军头断不降曹。

守　　楼　甲申十月

“守楼”选自原作第二十二出。这出戏的背景是，马士英、阮大铖一班奸党当权之后，阮大铖、杨文骢到马士英府上拜谒。饮宴时，杨文骢要找歌妓陪侍，提及李香君，立刻勾起马士英、阮大铖对她拒媒、却奁的旧恨。马士英严令当夜把李香君强送到田仰赴任的官船上去。

李香君毫无趋炎附势之心。她不惜抛洒热血，保全自己的贞洁。血溅诗扇的情节暗示着她对待爱情的无比真挚与珍惜，从此，侯、李的爱情朝着思想感情的结合方面更加升华了一层。

整出戏曲词很少，多为念白；情节、气氛激

烈紧张，形成了“骂筵”一出戏之前的小高潮。

（外、小生拿内阁灯笼①、衣、银、跟轿上）天上从无差月老②，人间竟有错花星③。（外）我们奉老爷之命，硬娶香君，只得快走。（小生）旧院李家母子两个，知他谁是香君。（末急上呼介）转来同我去罢。（外见介）杨姑老爷肯去，定娶不错了。（同行介）月照青溪水，霜沾长板桥。来此已是，快快叫门。（叫门介）（杂扮保儿上）才关后户，又开前庭，迎官接客，卑职驿丞④。（问介）那个叫门？（外）快开门来！（杂开门惊介）呵呀！灯笼火把，轿马人夫，杨老爷来夸官了⑤。（末）哇！快唤贞娘出来。（杂大叫介）妈妈出来，杨老爷到门了！（小旦急上问介）老爷从那里赴席回来么？（末）适在马舅爷相府，特来报喜。（小旦）有什么喜？（末）有个大老官来娶你令爱哩⑥！（指介）

---

① 内阁灯笼：即写有内阁字样的灯笼，用来显示身份。② 差：差错。月老：即月下老人。③ 花星：古代推算星命的术语，表示有婚姻的征兆。马士英给田仰“硬娶香君”，似乎香君已有婚姻征兆，但这是一种极不配的婚姻，所以说是“错花星”。④ 驿丞：古代管理驿站的官员，负责迎送过往的官吏客人，因此保儿用来自比。⑤ 夸官：古代读书人考中进士或者官员升迁，吹奏鼓乐、排列仪仗游街，叫做夸官。⑥ 令爱：对别人女儿的敬称。

【渔家傲】你看这彩轿青衣门外催[1]，你看这三百花银，一套绣衣。（小旦惊介）是那家来娶，怎不早说？（末）你看灯笼大字成双对，是中堂阁内[2]。（小旦）就是内阁老爷自己娶么？（末）非也！漕抚田公，同乡至戚，赠个佳人捧玉杯。

（小旦）田家亲事，久已回断，如何又来歪缠[3]？（小生拿银交介）你就是香君么？请受财礼。（小旦）待我进去商量。（外）相府要人，还等你商量。快快收了银子，出来上轿罢！（末）他怎敢不去。你们在外伺候，待我拿银进去，催他梳洗。（末接银、杂接衣，同小旦作进介）（小生、外）我们且寻个老表子燥脾去[4]。（俱暂下）（小旦、末、杂作上楼介）（末唤介）香君睡下不曾？（旦上）有甚紧事？一片吵闹？（小旦）你还不知么？（旦见末介）想是杨老爷要来听歌。（小旦）还说什么歌不歌哩！

【剔银灯】忙忙的来交聘礼，凶凶的强夺歌妓；对着面一时难回避，执着名别人谁替。（旦惊介）唬杀奴也！又是那个天杀的？（小旦）还是田仰，又借着相府的势力，硬来娶你。堪悲，青楼薄命，一霎时杨花乱吹。

---

① 青衣：古代奴仆、婢女一般穿青衣，后来即以代指仆婢。 ② 中堂：唐代宰相在中书省所设政事堂里办公，后人因此称宰相为“中堂”。 ③ 歪缠：胡缠。 ④ 燥脾：意为开心。

(小旦向末介)杨老爷从来疼俺母子,为何下这毒手?(末)不干我事。那马瑶草知你拒绝田仰,动了大怒,差一班恶仆登门强娶,下官怕你受气,特为护你而来。(小旦)这等多谢了,还求老爷终始救解。(末)依我说三百财礼,也不算吃亏;香君嫁个漕抚,也不算失所。你有多大本事,能敌他两家势力?(小旦思介)杨老爷说的有理,看这局面,拗不去了。孩儿趁早收拾下楼罢。(旦怒介)妈妈说那里话来!当日杨老爷作媒,妈妈主婚,把奴嫁与侯郎,满堂宾客,谁没看见,现收着定盟之物。(急向内取出扇介)这首定情诗,杨老爷都看过,难道忘了不成?

【摊破锦地花】案齐眉[1],他是我终身倚,盟誓怎移。宫纱扇现有诗题,万种恩情,一夜夫妻。(末)那侯郎避祸逃走,不知去向。设若三年不归,你也只顾等他么?(旦)便等他三年,便等他十年,便等他一百年,只不嫁田仰!(末)呵呀,好性气!又像摘翠脱衣骂阮圆海的那番光景了。(旦)可又来!阮、田同是魏党,阮家妆奁尚且不受,倒去跟着田仰么?(内喊介)夜已深了,快些上轿,还要

① 案齐眉:即举案齐眉。《后汉书·梁鸿传》记载:东汉人梁鸿的妻子孟光给丈夫送饭时,总把盘子举到齐眉高,以表示敬爱。后人便用"举案齐眉"形容和睦相爱的夫妻关系。案,是古代人盛食物的木盘。

赶到船上去哩！（小旦劝介）傻丫头，嫁到田府，少不了你的吃穿哩！（旦）呸！我立志守节，岂在温饱！忍寒饥，决不下这翠楼梯！

（小旦）事到今日，也顾不得他了。（叫介）杨老爷放下财礼，大家帮他梳头穿衣。（小旦替梳头，末替穿衣介）（旦持扇前后乱打介）（末）好利害！一柄诗扇，倒像一把防身的利剑！（小旦）草草妆完，抱他下楼罢。（末抱介）（旦哭介）奴家就死也不下此楼！（倒地头晕卧介）（小旦惊介）呵呀！我儿苏醒！竟把花容，碰了个稀烂。（末指扇介）你看血喷满地，连这诗扇都溅坏了。（拾扇付杂介）（小旦唤介）保儿，扶起香君，且到卧房安歇罢。（杂扶旦下）（内喊介）夜已三更了，诓去银子①，不打发上轿，我们要上楼拿人哩！（末向楼下介）管家略等一等，他母子难舍，其实可怜的。（小旦急介）孩儿碰坏，外边声声要人，这怎么处？（末）那宰相势力，你是知道的，这番羞了他去，你母子不要性命了！（小旦怕介）求杨老爷救俺则个！（末）没奈何，且寻个权宜之法罢。（小旦）有何权宜之法？（末）娼家从良②，原是好事，况且嫁与田府，不少吃穿。香君既没造化③，你倒替他享受去罢。（小旦急介）这断不能！一时一霎，叫我如何舍

① 诓：哄骗。 ② 从良：在封建社会，妓女属归乐籍。除籍嫁人，称为“从良”。 ③ 造化：福气。

得？（末怒介）明日早来拿人，看你舍得舍不得！（小旦呆介）也罢，叫香君守楼，我去走一遭儿。（想介）不好，不好，只怕有人认得。（末）我说你是香君，谁能辨别？（小旦）既是这等，少不得又妆新人了。（忙打扮完介）（向内叫介）香君我儿，好好将息。我替你去了！（又嘱介）三百两银子，替我收好，不要花费了。（末扶小旦下楼介）

【麻婆子】（小旦）下楼下楼三更夜，红灯满路辉；出户出户寒风起，看花未必归。（小生、外打灯抬轿上）好，好，新人出来了。快请上轿！（小旦作别介）别过杨老爷罢。（末）前途保重，后会有期。（小旦）老爷今晚且宿院中，照管孩儿。（末）自然。（小旦上轿介）萧郎从此路人窥，侯门再出岂容易①。（行介）舍了笙歌队，今夜伴阿谁？

（俱下）（末笑介）贞丽从良，香君守节，雪了阮兄之恨，

---

① “萧郎”二句：萧郎，原指南朝梁武帝萧衍，后成为美好男子的通称。唐代元和年间，秀才崔郊的姑母把一个非常美丽的婢女卖给一位连帅（节度使、按察使之类的大官）。崔郊十分惦念她，为她写了一首诗。其中两句说：“侯门一入深如海，从此萧郎是路人。”李贞丽引用崔郊的故事来说明自己代嫁到田府，就很难再出来。

全了马舅之威。将李代桃①，一举四得，倒也是个妙计。(叹介)只是母子分别，未免伤心。

匆匆夜去替蛾眉，一曲歌同易水悲②，

燕子楼中人卧病，灯昏被冷有谁知。

【翻译】

老、少二仆役(拿着有内阁字样的灯笼、嫁衣、银两跟随轿子上)(白)：

天上从无差月老，人间竟有错花星。

老仆(白)：

咱们奉老爷之命，去强娶香君，只得赶快走。

少仆(白)：

旧院李家是母女两个，谁知道哪个是香君？

杨文骢(急上场招呼)：

回来，跟我一起去吧。

---

① 将李代桃：《乐府诗集·鸡鸣》篇中诗句说："桃生露井旁，李树生桃旁；虫来啮桃根，李树代桃僵。"后人因此用李代桃僵，比喻代人受罪或互相顶替。将桃代李即李代桃僵的变通写法。 ②"一曲"句：战国时，燕国太子丹派刺客荆轲刺杀秦王政(即后来的秦始皇)。分别的时候，荆轲唱道："风萧萧兮易水寒，壮士一去兮不复还。"表示绝归必死的决心。此处引用这个故事来形容李贞丽、李香君母女的分别。

老仆(与杨文骢相见)(白):

杨姑老爷愿意去,我们就一定接不错人了。

杨文骢(随众人齐行)(白):

月照青溪水,霜沾长板桥。到这里就是李家了,快点叫门。

(老仆敲门)

保儿(上)(白):

才关后户,又开前庭;迎官接客,卑职驿丞。(问)是谁敲门?

老仆(白):

快开门来!

保儿(开门后因一惊)(白):

哎呀!外面灯笼火把、轿马人夫,想必是杨老爷来夸官了。

杨文骢(白):

哇!快把贞娘叫出来。

保儿(大叫):

妈妈出来,杨老爷到了!

李贞丽(急忙上场,问):

老爷是从什么地方赴宴回来的吗?

杨文骢(白):

适才在马士英老爷丞相府,特地来向你报喜。

李贞丽(白):

有什么喜事?

杨文骢(白):

有个大老官来娶令爱哩!(指轿、衣等)

(唱):你看这彩轿、仆役在门外催,

你看这三百两雪花银、一套绣衣。

李贞丽(一惊)(白):

是谁家来娶亲,怎么不早说?

杨文骢(唱):

你看这灯笼大字成双对,

是中堂阁内。

李贞丽(白):

就是内阁马老爷自己娶么?

杨文骢(白):

不是。

(唱):漕抚田公,

是中堂同乡至戚,

赠他个佳人捧玉杯。

李贞丽(白):

田家这门亲事,早就回绝了,为什么又来胡缠?

少仆(把银两交给李贞丽)(白):

你就是李香君吗?请收下财礼。

李贞丽(白):

等我进去商量一下。

老仆(白):

相府要人,还让你商量?快收下银子,出来上轿吧!

杨文骢(白):

她哪敢不去。你们在外边等候着;待我把银子拿进去,催她梳洗。

(杨文骢接过银子)

(保儿接过嫁衣,和李贞丽一同进内)

老仆、少仆(白):

咱们先找个老婊子开开心去。(一起暂先下)

(李贞丽、杨文骢、保儿上楼)

杨文骢(招呼):

香君睡了没有?

李香君(上)(白):

有什么要紧事,底下一片吵闹?

李贞丽(白):

你还不知道呀?

李香君(看见杨文骢)(白):

想是杨老爷要听歌?

李贞丽(白):

还说什么歌不歌哩!

(唱)：急忙忙地来下彩聘礼，

凶狠狠地强抢歌妓；

觌面相见一时难回避，

指名要你别人怎相替。

李香君(白)：

吓死奴了！又是哪个天杀的？

李贞丽(白)：

还是那个田仰，又借着丞相府的势力，硬要娶你。

(唱)：堪伤悲，

青楼薄命，

一霎时如狂风把杨花乱吹。

(向杨文骢)杨老爷从来疼惜我们母子，为什么下这样的毒手？

杨文骢(白)：

这和我没关系。那马瑶草得知你拒绝田仰，大为发怒，派一群恶仆来登门强娶。下官怕你受气，特地为照护你才来的。

李贞丽(白)：

这么说多谢了。还求老爷始终救解。

杨文骢(白)：

依我说，三百两银子的财礼也不算吃亏，香君能嫁个漕抚也不算归宿不好。你有多大本事，能抗得住他们两家的势力？

李贞丽(考虑)(白)：

杨老爷说得有道理。看这阵势，是拗不过了。孩儿还是趁早收拾下楼吧。

李香君(恼怒)(白)：

妈妈说哪里话来！当初杨老爷作媒，妈妈主婚，把奴嫁给侯郎，满屋宾客，谁没看见！我现在收藏着定盟的证物哩！(急忙从屋内取出诗扇)这首定情诗，杨老爷都看过，难道忘了不成？

(唱)：举案齐眉，

他是我终身依倚，

盟誓怎改移？

那诗呵就在这宫纱扇上题。

万种恩情，

一夜夫妻。

杨文骢(白)：

那侯郎避祸逃走，不知去向。如果他三年不回来，你也只顾等他吗？

李香君(白)：

便等他三年，便等他十年，便等他一百年，只不嫁田仰！

杨文骢(白)：

哎呀，好刚烈的性气，又像摘钗钏、脱绣衣、痛骂阮大铖的光景了。

李香君(白)：

可又来！阮大铖、田仰都是魏忠贤党羽，阮家的妆奁尚且不要，反倒去跟着田仰吗！

(内叫喊)：

夜深了，快些上轿，还要赶到船上去呢！

李贞丽(劝说)：

傻丫头，嫁到田府，少不了你的吃穿！

李香君(白)：

呸！我立志为侯郎守节，哪里在乎温饱！

(唱)：忍寒耐饥，

决不下这翠楼梯！

李贞丽(白)：

事到如今，也顾不得她了。(招呼)杨老爷放下财礼，咱们一起帮她梳头穿衣。

(李贞丽替梳头)

(杨文骢替穿衣)

(李香君挥诗扇前后乱打)

杨文骢(白)：

好厉害！一把诗扇，倒像一把防身的利剑！

李贞丽(白)：

凑合着妆扮完了，把她抱下楼去吧。

（杨文骢去抱）

李香君（哭）（白）：

我就是死也不下楼！（倒在地下撞头，昏晕卧地）

李贞丽（大惊）（白）：

哎呀！我儿醒醒！竟把美丽的容貌碰了个稀烂。

杨文骢（指扇）（白）：

你看，鲜血喷了一地，连扇子都溅坏了。（捡起扇子交给保儿）

李贞丽（招呼）：

保儿，扶起香君，且到她卧房里休息去。

（保儿扶李香君下）

（内叫喊）：

都三更天了，你们骗去银子，又不打发李香君上轿。我们要上楼捉人啦！

杨文骢（向楼下）（白）：

管家，再稍为等等，她们母女难舍难分，实在怪可怜的。

李贞丽（着急）（白）：

香君碰坏了，外面声声要人，这可怎么办？

杨文骢（白）：

那宰相势力，你是知道的，这次要是羞了他，你们母女不要性命了！

李贞丽（害怕）（白）：

求杨老爷救救我们!

杨文骢(白):

没办法,先想个应急的主意吧。

李贞丽(白):

有什么应急的主意?

杨文骢(白):

妓女从良,原是好事,况且是嫁到田府,吃穿不愁。既然香君没这个福分,倒是你替她享受去吧。

李贞丽(着急)(白):

这可万万不行! 一下子离开,叫我怎么能舍得。

杨文骢(发怒)(白):

明天早晨来捉人,看你舍得舍不得!

李贞丽(呆怔)(白):

也罢,让香君守着楼,我去走一趟。(转念一想)不行,不行,就怕有人认得。

杨文骢(白):

我说你是香君,谁能分辨得出来!

李贞丽(白):

既然如此,只好再扮一回新人了。(匆忙打扮完毕)(向内招呼)香君,我的孩子,好好将息,我替你去了。(又嘱咐)那三百两银子替我收好,不要花费了。

(杨文骢扶李贞丽下楼)

李贞丽（唱）：

下楼、下楼已是三更夜，

红灯满路闪光辉；

出户、出户寒风起，

人去看花未必归！

老、少仆人（执灯笼，抬彩轿上）（白）：

好，好，新人出来了。快请上轿吧。

李贞丽（与杨龙友作别）（白）：

杨老爷，就此别过了。

杨文骢（白）：

前途保重，咱们后会有期。

李贞丽（白）：

老爷今晚就宿在院里，照顾孩儿。

杨文骢（白）：

这是自然了。

李贞丽（上轿）（唱）：

萧郎从此作为路人窥，

侯门再出岂容易？

（彩轿起行）

我抛舍了笙歌队，

不知今夜伴阿谁？

（众人一起下）

杨文骢(笑)(白):

贞丽嫁人;香君守节;既息了阮兄之恨;保全了马舅之威。将李代桃,一举四得,倒也算得上一条妙计。(叹气)只是母女离别,未免伤心。

匆匆夜去替蛾眉,一曲歌同易水悲;

燕子楼中人卧病,灯昏被冷有谁知。

寄 扇 甲申十一月

“寄扇”选自原作第二十三出，是“守楼”和“骂筵”两出“热场”戏之间的“冷场”戏。它协调了两个高潮的紧张气氛，使情节发展舒急交错，跌宕有致。这出戏是李香君的唱功重头戏。她的唱词冷艳、凄婉，表现了李香君性格的另外一面。

作品抓住关系全剧的中心线索桃花扇，特意安排苏昆生和杨文骢同时看望李香君，这就为画扇和寄扇提供了自然衔接的契机，也为下文侯方域最后属情于她，不远千里到南京相会定下弦音、埋好伏笔。因此，这是一出寓动于静的戏。

杨文骢无意中发现定情诗扇上李香君的血迹，却将血痕点染成为桃花，这是在点全剧的主题。戏中[锦上花]一曲咏这鲜血凝结的桃花，最为凄楚动人。

【醉桃源】(旦包帕病容上)寒风料峭透冰绡①，香炉懒去烧。血痕一缕在眉梢，胭脂红让娇②。孤影怯，弱魂飘，青丝命一条③。满楼霜月夜迢迢，天明恨不消。

(坐介)奴家香君，一时无奈，用了苦肉之计，得遂全身之节。只是孤身只影，卧病空楼，冷帐寒衾，无人作伴，好生凄凉！

【北新水令】冻云残雪阻长桥，闭红楼冶游人少。栏杆低雁字④，帘幕挂冰条；炭冷香消，人瘦晚风峭。

奴家虽在青楼，那些花月欢场，从今罢却了。

【驻马听】绣户萧萧，鹦鹉呼茶声自巧；香闺悄悄，雪

---

① 料峭：形容寒风刺骨。 ② 娇：指李香君眉梢血痕的颜色。 ③ 春丝命一条：形容生命像春丝一样纤弱无力。 ④ 雁字：即飞行中排列成字形的雁行。

狸偎枕睡偏牢①。榴裙裂破舞风腰，鸾靴剪碎凌波靿②；愁多病转饶③，这妆楼再不许风情闹。

想起侯郎匆匆避祸，不知流落何所。怎知奴家独住空楼，替他守节也。（起唱介）

【沈醉东风】记得一霎时娇歌兴扫，半夜里浓雨情抛。从桃叶渡头寻④，向燕子矶边找⑤，乱云山风高雁杳。那知道梅开有信，人去越遥。凭栏凝眺，把盈盈秋水，酸风冻了⑥。

可恨恶仆盈门，强来娶俺；俺怎肯负了侯郎。

【雁儿落】欺负俺贱烟花薄命飘摇，倚着那丞相府忒骄傲。得保住这无瑕白玉身，免不得揉碎如花貌。

最可怜妈妈替奴当灾，飘然竟去。（指介）你看床榻

---

① 雪狸：白猫。 ②“榴裙”二句：这两句是按歌曲声调需要把曲词写成倒装句，而按通常语序应为：裂破舞风榴裙腰，剪碎凌波鸾靴靿。舞风榴裙是红色的舞裙，腰是裙子的束腰；凌波鸾靴是一种舞靴，靿（yào 要），即靴筒。李香君这样说是表示她要毁弃卖笑时的服装，不再过这种生涯。 ③ 转饶：更多的意思。 ④ 桃叶渡：渡口名，在南京秦淮河畔，相传因晋朝人王献之在这里唱歌送别其妾桃叶得名。 ⑤ 燕子矶：地名，在南京东北。矶头临长江，三面为绝壁，形态如飞燕，因此得名。 ⑥“把盈”二句：盈盈，是美好的样子；秋水，即眼波，比喻眼神像秋水一样清澈、晶莹。这两句形容李香君久久临风凝望。

依然，归来何日。

【得胜令】恰便似桃片逐雪涛，柳絮儿随风飘；袖掩春风面，黄昏出汉朝①。萧条，满被尘无人扫；寂寥，花开了独自瞧。

说到这里，不觉一阵酸心。（掩泪坐介）

【乔牌儿】这肝肠似搅，泪点儿滴多少。也没个姊妹闲相邀，听那挂帘栊的钩自敲。

独坐无聊，不免取出侯郎诗扇，展看一回。（取扇介）嗳呀！都被血点污坏了，这怎么处！

【甜水令】你看疏疏密密，浓浓淡淡，鲜血乱蘸②，不是杜鹃抛③，是脸上桃花做红雨儿飞落，一点点溅上冰绡。

侯郎侯郎，这都是为你来！

【折桂令】叫奴家揉开云髻④，折损宫腰，睡昏昏似妃

---

①"袖掩"二句：这两句暗用汉代王昭君远嫁匈奴的故事，比喻李贞丽被迫出嫁田仰。②蘸（zhàn 占）：沾染的意思。③"不是"句：传说杜鹃啼叫很凄苦，以致口中啼出血来。④云髻：古代成年女子都将头发在头顶梳成发髻。云，形容发髻之高。

葬坡平①,血淋淋似妾堕楼高②。怕旁人呼号,舍着俺软丢答的魂灵没人招③。银镜里朱霞残照④,鸳枕上红泪春潮。恨在心苗,愁在眉梢,洗了胭脂,涴了鲛绡⑤。

一时困倦起来,且在妆台盹睡片时。(压扇睡介)(末扮杨文骢便服上)认得红楼水面斜,一行衰柳带残鸦。(净扮苏昆生上)银筝象板佳人院,风雪今同处士家⑥,(末回头见介)呀!苏昆老也来了。(净)贞丽从良,香君独住,放心不下,故此常来走走。(末)下官自那日打发贞丽起身,守了香君一夜。这几日衙门有事,不能脱身,方才城东拜客,便道一瞧。(入介)(净)香君不肯下楼,我们上去一谈

---

①"睡昏"句:唐代安禄山叛乱,玄宗和杨贵妃逃到马嵬坡,军队骚动,称乱由杨贵妃起,坚持除掉杨贵妃才继续保护玄宗出发。杨贵妃被杀后,即葬在马嵬坡。此处借这个故事来形容李香君病伤的沉重。 ②"血淋"句:晋代石崇的爱妾绿珠不顺从孙秀,跳楼而死。此处借这个故事来形容李香君被逼毁容。 ③"怕旁"二句:呼号,声张的意思。因为李贞丽瞒着人代李香君出嫁,所以她怕别人声张,强撑着软弱的身体,没人招呼照顾。软丢答,意为非常软弱。 ④朱霞残照:指脸上的血痕。 ⑤鲛绡:鲛人所织的绡。传说海中鲛人上陆,宿在人家,每天织绡出卖。此处指丝巾。 ⑥"银筝"二句:这里本是洋溢着银筝、象板等乐器声音的佳人住处,而今却风雪凄清,如同孤寂的隐士之家。象板,象牙板,一种乐器。处士,隐居不仕的人。

罢。(末)甚好。(登楼介)(末指介)你看香君抑郁病损，困睡妆台，且不必唤他。(净看介)这柄扇儿展在面前，怎么有许多红点儿？(末)此乃侯兄定情之物，一向珍藏不肯示人，想因面血溅污，晾在此间。(抽扇看介)几点血痕，红艳非常，不免添些枝叶，替他点缀起来。(想介)没有绿色怎好？(净)待我采摘盆草，扭取鲜汁，权当颜色罢。(末)妙极。(净取草汁上)(末画介)叶分芳草绿，花借美人红。(画完介)(净看喜介)妙妙！竟是几笔折枝桃花。(末大笑指介)真乃桃花扇也！(旦惊醒见介)杨老爷、苏师父都来了，奴家得罪。(让坐介)(末)几日不曾来看，额角伤痕渐已平复了。(笑介)下官有画扇一柄，奉赠妆台。(付旦扇介)(旦接看介)这是奴的旧扇，血迹腌臜[1]，看他怎的？(入袖介)(净)扇头妙染，怎不赏鉴？(旦)几时画的？(末)得罪得罪！方才点坏了。(旦看扇叹介)咳！桃花薄命，扇底飘零。多谢杨老爷替奴写照了。

【锦上花】一朵朵伤情[2]，春风懒笑；一片片消魂，流水愁漂。摘的下娇色[3]，天然蘸好，便妙手徐熙[4]，怎能画到。樱唇上调朱，莲腮上临稿，写意儿几笔

---

① 腌臜：肮脏。 ② 一朵朵：指扇上桃花。 ③ 摘的下娇色：意思是说扇上桃花颜色娇丽，如同真花可以采摘下来。④ 妙手徐熙：妙手，即高手。徐熙，南唐画家，擅长花卉竹树之类，尤其工于画花果。

红桃①。补衬些翠枝青叶，分外夭夭②，薄命人写了一幅桃花照。

（末）你有这柄桃花扇，少不得个顾曲周郎③。难道青春守寡，竟做个入月嫦娥不成？（旦）说那里话！那关盼盼也是烟花④，何尝不在燕子楼中，关门到老。（净）明日侯郎重到，你也不下楼么？（旦）那时锦片前程⑤，尽俺受用，何处不许游耍，岂但下楼？（末）香君这段苦节，今世少有。（向净介）昆老看师弟之情，寻着侯郎，将他送去，也省俺一番悬挂。（净）是是！一向留心访问，知他随任史公，住淮半载。自淮来京，自京到扬，今又同着高兵防河去了。晚生不日还乡，顺便找寻。（向旦介）须得香君一书才好。（旦向末介）奴家言出无文，求杨老爷代写吧。（末）你的心事，叫俺如何写得出？（旦寻思介）罢，罢！奴的千愁万苦，俱在扇头，就把这扇儿寄去罢！（净喜介）这封家

---

① 写意儿：写意是中国画技法的一种，用笔追求神似和抒发作者情趣。儿字是词尾。 ② 夭夭：美丽繁盛的样子。 ③ 顾曲周郎：周郎，三国时吴国大将周瑜的美称。史载周瑜精通音乐，即使酒后，别人演奏出了错误，他也会马上察觉，一经察觉又会马上查问，所以当时流传谣谚说"曲有误，周郎顾（查问）"。后人即因此将欣赏音乐戏曲等称作顾曲。此处借指情人。 ④ 关盼盼：唐代妓女，为张尚书所娶，张死后，守节不嫁。详前燕子楼注。 ⑤ 锦片前程：意即前程似锦。锦为彩色丝织品，人们常借用其颜色以形容前程的光辉灿烂。

书，倒也新样。（旦）待奴封他起来。（封扇介）

【碧玉箫】挥洒银毫①，旧句他知道；点染红幺②，新画你收著。便面小③，血心肠一万条，手帕儿包，绳头儿绕，抵过锦字书多少④。

（净接扇介）待我收好了，替你寄去。（旦）师父几时起身？（净）不日束装了⑤。（旦）只望早行一步。（净）晓得。（末）我们下楼罢。（向旦介）香君保重。你这段苦节，说与侯郎，自然来娶你的。（净）我也不再来别了。正是：新书远寄桃花扇，（末）旧院常关燕子楼。（下）（旦掩泪介）妈妈不归，师父又去，妆楼独闭，益发凄凉了。

【鸳鸯煞】莺喉歇了南北套⑥，冰弦住了陈隋调⑦，唇底罢吹箫，笛儿丢，笙儿坏，板儿掠⑧。只愿扇儿寄

---

① 银毫：即毛笔。 ② 红幺：幺，即一。骰子的“一点”多用红色涂染，故称“红幺”。此处借指扇上的桃花。 ③ 便面：即扇面，因其便于遮挡颜面而得名。 ④ 锦字书：用锦织字的书信，指前秦时窦滔妻苏氏给丈夫的信。相传前秦时秦州刺史窦滔被徙流沙。其妻苏氏十分思念他，便用锦织成回文旋图诗送给他，可以婉转循环读诵，共三百四十个字，内容极为凄惋。 ⑤ 束装：整理行装，意即外出。 ⑥ 南北套：即南北曲。一般来说，南曲比较纡徐婉转；北曲比较急促豪放。 ⑦ 陈隋调：专指陈、隋时代流行的表现流连光景、男女风情的曲调。 ⑧ 板儿掠：板儿，即击节按拍的板子；掠，丢掉的意思。

去的速,师父束装的早。三月三刘郎到了①,携手儿下妆楼,桃花粥吃个饱②。书到梁园雪未消③,青溪一道阻春潮,桃根桃叶无人问④,丁字帘前是断桥⑤。

【翻译】

李香君(头包布帕,面带病容上)(唱):

料峭寒风穿透冰绡,

炉香燃尽懒再烧。

血痕一缕在眉梢,

艳红更比胭脂娇。

孤影惊怯,

弱魂飘摇,

只留得春丝般易断命一条。

满楼霜月夜迢迢,

---

① 刘郎到了:疑是李香君借刘晨在天台山遇见仙女的故事表达与侯方域团聚的愿望。 ② 桃花粥:洛阳一带旧俗,每逢寒食节(在农历清明节前一或二日),要煮桃花粥吃。③ 梁园:西汉梁孝王的兔园,在河南开封附近,此处借指侯方域的家乡中州归德(在今河南商丘)。 ④ 桃根桃叶:桃叶、桃根是姊妹,都是晋代人王献之的爱妾。 ⑤ 丁字帘:地点,在南京利涉桥畔,在明代是妓女聚居之处。

直到天明恨不消。

（坐下）（白）：奴家香君，因一时无奈，用了苦肉计，得以保住一身清白，全了节操。可如今孤身只影，卧病在这空楼，被寒帐冷，无人作伴，好生凄凉！

（唱）：冻云残雪阻断了长桥，

紧闭红楼，冶游人儿少。

栏杆外雁行低，

帘幕上挂冰条。

炭冷炉香消，

人瘦更觉晚风峭。

（白）：奴家虽然身在青楼，那些个朝欢暮乐、情场花月，从今后全都弃绝了。

（唱）：绣户萧萧，

鹦鹉呼茶声自巧，

香闺悄悄，

玉猫偎枕偏自睡得好。

裂破了舞风的榴红裙腰，

剪碎了轻盈凌波的鸾靴靿。

愁多更使疾病饶，

这妆楼从今再不许风情闹。

（白）：想当初侯郎匆匆避祸而去，不知如今流落在何方。他怎知奴家独住在空楼上，为他守节啊！（起立）

(唱):记得一霎时把娇歌的意兴扫,

半夜里将云雨浓情抛;

从此啊,我向那桃花渡口寻,

朝燕子矶边找,

却只有乱沓云山、风高雁儿杳。

哪知梅开虽有信,

人去后离我却一天天遥。

倚着栏杆凝眺,

把盈盈秋水,

让酸风冻坏了。

(白):可恨恶仆盈门,强来娶我;我怎肯负了侯郎?

(唱):欺负俺贱烟花薄命飘摇,

倚着那丞相府忒也骄傲。

要保住这白玉般无瑕身,

却不免揉碎了我的如花貌。

(白):最可怜的是妈妈为了替奴抵挡灾祸,竟飘然而去。

(手指)你看这床榻依旧,可什么时候才能回来啊!

(唱):恰便似桃花片随着雪涛,

柳絮儿任风飘;

似昭君袖掩春风面,

在黄昏离开了汉朝。

萧条,

翠被尘满无人扫;

寂寥,

花开了只有独自瞧。

(白):想到这里,不觉一阵伤心。(拭泪坐下)

(唱):这肝肠似刀在搅,

朱泪点儿滴下了多少!

也没个姊妹来闲相邀,

听着那挂帘栊的钩自敲。

(白):一人坐着好没意思,不免取出侯郎题诗的纱扇,开看一番。(取出扇子)哎呀!扇子全被血点脏污了,这可怎么办!

(唱):你看这疏疏密密,

浓浓淡淡,

全都鲜血乱蘸;

不是杜鹃洒抛,

是我脸上桃花化作红雨飞落,

一点点溅上了冰绡。

(白):侯郎啊,侯郎!这都是为了你啊!

(唱):使奴家揉散云髻,

折伤了宫腰;

睡昏昏似杨妃葬在平坡,

血淋淋如绿珠由高楼下跃。

怕旁人张扬呼号，

舍着我独自挨，软丢答的魂灵没人招。

银镜里血瘢瘢似朱霞残照，

鸳枕上红泪涟涟如春潮。

恨在心苗，

愁在眉梢，

洗却了胭脂，

泪水又把素巾污了。

李香君（白）：

一时有些困倦，先在这梳妆台边打盹一会。（压着扇子盹睡）

杨文骢（着便装上）（白）：

认得红楼水面斜，一行衰柳带残鸦。

苏昆生（上）（白）：

银筝象板佳人院，风雪今同处士家。

杨文骢（回头看见苏昆生）（白）：

呀，苏昆老也来了！

苏昆生（白）：

贞丽嫁人，香君孤身一人住在这里，我放心不下，所以常来走走。

杨文骢（白）：

我从那天打发贞丽动身，守了香君一夜。这几天衙

门里有事，脱不开身；刚才到城东去拜客，顺便来看一看。（进内）

苏昆生（白）：

香君不肯下楼来，我们上去谈谈吧。

杨文骢（白）：

很好。（上楼）

杨文骢（指李香君）（白）：

你看，香君抑郁病困，妆台倦睡，且别叫醒她。

苏昆生（注目）（白）：

这把扇子打开在她面前，怎么上面有好多红点儿？

杨文骢（白）：

这是侯兄定情之物，她一直珍藏着不给别人看，想来是因被脸上的血溅脏了，在这里晾晾。（抽出扇子观看）几滴血痕，红艳非常，免不得添画些枝叶，为她点缀一番。（考虑）没有绿色怎么办？

苏昆生（白）：

等我摘些盆中的绿草，挤出新鲜汁液，权且当作颜色吧。

杨文骢（白）：

妙极！

（苏昆生摘取草汁上）

杨文骢（绘画）（白）：

叶分芳草绿，花分美人红。（画完）

苏昆生（看后欢喜）（白）：

妙！妙！竟成了几笔折枝桃花！

杨文骢（大笑，指扇）（白）：

这真是桃花扇了！

李香君（惊醒，看见二人）（白）：

杨老爷、苏师父都来了，奴家失迎，得罪。（让二人坐）

杨文骢（白）：

几天没来看你，额角伤痕已经逐渐愈合了。（笑）我有一把画扇，赠送给你。（把扇子交给李香君）

李香君（接过扇子查看）（白）：

这是我的旧扇子，血迹肮脏，有什么可看的？（放进袖口）

苏昆生（白）：

扇头妙画，怎不鉴赏鉴赏？

李香君（白）：

什么时候画的？

杨文骢（白）：

得罪！得罪！是刚才我把扇子画脏了。

李香君（看扇叹息）（白）：

唉！桃花薄命，在这扇底飘零。多谢杨老爷为我写照。

(唱)：一朵朵伤情，

懒向东风笑；

一片片销魂，

愁随流水漂。

摘得下娇色，

蘸得天然好，

便是妙手徐熙，

怎能够画到？

朱色似照着我樱唇调，

又将我莲腮来临稿，

画几笔写意的红桃。

衬补些翠枝绿叶，

分外夭夭，

为我薄命人画了这一幅桃花照。

杨文骢(白)：

你有这把桃花扇，少不得一个知音的周郎。难道年轻守寡，竟去月中当个孤寂的嫦娥吗？

李香君(白)：

您说的是哪里话！那个关盼盼也是歌妓，她何尝不在燕子楼中，关门独守到老！

苏昆生(白)：

有一日侯郎重来，你也不下楼吗？

李香君（白）：

到那时前程似锦，都由着我受用，什么地方不能去游赏，岂仅是下楼而已？

杨文骢（白）：

香君这番苦节，今世少有！（转向苏昆生）昆老看在师徒情分上，找到侯郎，把她送去，也省得我悬心惦记。

苏昆生（白）：

是是！我一向留心访问，听说他跟随在史公任上，在淮安住了半年，从淮安来京城，从京城去扬州，现在又随高杰的军队驻防黄河去了。晚生过不了几天就回家乡去，顺便去寻找他。（向李香君）得带上香君一封信才行。

李香君（向杨文骢）：

奴家出言鄙俚不文，就求杨老爷代写吧。

杨文骢（白）：

你的心里话，叫我怎么写得出来？

李香君（寻思）（白）：

罢！罢！奴的千愁万苦，都在这扇子上面，就把这扇子寄去吧！

苏昆生（高兴）（白）：

这封家信，倒也新颖。

李香君（白）：

待我把它封起来。(封扇子)

(唱):昔日里挥洒银毫,

定情旧句他知道;

今日里点染红幺,

扇头新画你收着。

便面虽小,

蕴含着热血心肠一万条。

我用手帕儿包,

头绳儿绕,

抵得过织锦回文书多少!

苏昆生(接过扇子)(白):

等我收好了,替你寄去。

李香君(白):

师父什么时候动身?

苏昆生(白):

过不了几天就整装出行了。

李香君(白):

只望您及早动身。

苏昆生(白):

知道了。

杨文骢(白):

咱们下楼吧。(向李香君)香君保重。你这番苦节,对侯郎说了，他自然会来娶你的。

苏昆生（白）：

　　我也不再来告别了。这正是：新书远寄桃花扇。

杨文骢（白）：

　　旧院常关燕子楼。

（二人同下）

李香君（拭泪）（白）：

　　妈妈还没回来，师父又出远门，独闭在个妆楼上，更加凄凉了。

　　（唱）：如莺歌喉再不唱南、北套，

　　冰弦上断绝了陈、隋调；

　　唇间辍吹箫。

　　笛儿丢，

　　笙儿坏，

　　把拍板也掠掉。

　　只愿扇儿寄去得快，

　　师父动身得早；

　　三月三日刘郎到了，

　　携手儿下妆楼，

　　把桃花粥吃个饱。

　　书到梁园雪未消，青溪一道阻春潮，

　　桃根桃叶无人问，丁字帘前是断桥。

骂　　筵 乙酉正月

“骂筵”选自原作第二十四出。这场戏是全剧的一个高潮。李香君是秦淮歌妓，但她不愿像其他娼妓一样随波逐流。她出于敬重复社文人和挚爱侯方域的双重感情，严辞拒绝为田仰说亲的媒人，直至不惜血染妆楼，坚决信守自己的政治信念和与侯方域订下的盟约。也正是在一次次的斗争当中，李香君的形象愈加显得娇美艳丽、楚楚动人。当统治者为了歌舞升平，竟把独守空楼的李香君抓往宫中去演戏时，这个娇弱女子再也压抑不住心中怒火，仿效祢衡，泼辣畅快地痛骂了马士英、阮大铖一伙奸党，大快人心。她唱的[前腔(忒忒令)]，[江儿水]、[五供养]、[玉交枝]几支曲子，淋漓酣畅，历来传为绝唱。

【缕缕金】(副净扮阮大铖吉服上①)风流代，又遭逢，六朝金粉样，我偏通。管领烟花，衔名供奉②。簇新新帽乌衬袍红，皂皮靴绿缝，皂皮靴绿缝。

(笑介)我阮大铖，亏了贵阳相公破格提挈③，又取在内庭供奉，今日到任回来，好不荣耀。且喜今上性喜文墨④，把王铎补了内阁大学士，钱谦益补了礼部尚书⑤。区区不才，同在文学侍从之班。天颜日近，知无不言。前日进了四种传奇⑥，圣心大悦，立刻传旨，命礼部采选宫人，要将《燕子笺》被之声歌⑦，为中兴一代之乐。我想这本传奇，精深奥妙，倘被俗手教坏，岂不损我文名？因而乘机启奏："生口不如熟口⑧，清客强似教手⑨。"圣上

① 吉服：即朝服，凡大祀、庆成、正旦、冬至、圣节及颁诏开读、进表、传制时穿着。 ② 衔：官衔。供奉：内庭官员，靠文学、技艺等侍候皇帝。 ③ 贵阳相公：指马士英。提挈：提携，提拔。 ④ 今上：指当朝皇帝。 ⑤ 钱谦益：字受之，号牧斋，江苏常熟人。南明弘光时曾任礼部尚书，清兵攻陷南京后，投降了清朝。 ⑥ 传奇：戏曲的一种。 ⑦《燕子笺》：阮大铖所作的传奇。被之声歌：这里指曲本的排练、演唱。被，加。 ⑧ 生口：指不会唱戏的人。熟口：指会唱戏的人。 ⑨ 教手：指专门教戏的人。

从谏如流，就命广搜旧院，大罗秦淮，拿了清客、妓女数十余人，交与礼部拣选。前日验他色艺，都只平常，还有几个有名的，都是杨龙友旧交，求情免选，下官只得勾去。昨见贵阳相公说道："教演新戏是圣上心事，难道不选好的，倒选坏的不成。"只得又去传他，尚未到来。今乃乙酉新年人日佳节①，下官约同龙友，移樽赏心亭②，邀俺贵阳师相饮酒看雪。早已吩咐把新选的妓女，带到席前验看。正是：花柳笙歌隋事业，谈谐裙屐晋风流③。（下）

【黄莺儿】（老旦扮卞玉京道妆背包急上）家住蕊珠宫④，恨无端业海风⑤，把人轻向烟花送。喉尖唱肿，裙腰舞松，一生魂在巫山洞。俺卞玉京，今日为何这般打扮？只因朝廷搜拿歌妓，逼俺断了尘心。昨夜别过姊妹，换上道妆，飘然出院，但不知那里好去投师。望城东云山满眼，仙界路无穷。

（飘飘下）（副净、外、净扮丁继之、沈公宪、张燕筑三清客上）

---

① 乙酉新年人日：乙酉是南明弘光二年，1645 年；人日是农历正月初七日。 ② 移樽赏心亭：即在赏心亭设酒席。赏心亭是北宋丁谓镇守金陵时所建，在今江苏江宁西。
③ "谈谐"句：晋朝贵族崇尚放诞、空谈，还喜穿木屐登山临水，成为一时的风气。 ④ 蕊珠宫：传说中道教神仙在天上居住的地方。 ⑤ 业海风：业海一词来自佛经，意思说俗世间人罪业深重。像大海一样。业海风指从业海吹来，可以给人带来灾难的风。

【皂罗袍】(副净)正把秦淮箫弄，看名花好月，乱上帘栊。凤纸签名唤乐工①，南朝天子春心动。我丁继之年过六旬，歌板久抛。前日托过杨老爷，免我前往，怎的今日又传起来了？(外、净)俺两个也都是免过的，不知又传，有何话说。(副净拱介)两位老弟，大家商量，我们一班清客，感动皇爷，召去教歌，也不是容易的。(外、净)正是。(副净)二位青年上进，该去走走：我老汉多病年衰，也不望什么际遇了。今日我要躲过，求二位遮盖一二。(外)这有何妨，太公钓鱼②，愿者上钩。(净)是、是！难道你犯了王法，定要拿去审问不成！(副净)既然如此，我老汉就回去了。(回行介)急忙回首，青青远峰；逍遥寻路，森森乱松。(顿足介)若不离了尘埃，怎能免得牵绊。(袖出道巾、黄绦换介)(转头呼介)二位看俺打扮罢，道人醒了扬州梦③。

(摇摆下)(外)咦！他竟出家去了，好狠心也。(净)我们且坐廊下晒暖，待他姊妹到来，同去礼部过堂。(坐地介)(小旦扮寇白门，丑扮郑妥娘，杂扮差役跟上)(小旦)桃片随风不

---

① 凤纸：即凤诏，皇帝颁布命令的诏书。 ② 太公钓鱼：相传姜太公在渭水边用没有饵食的直钩钓鱼，说“负命者上钩来”。 ③ 扬州梦：典出唐代诗人杜牧《遣怀》诗句：“十年一觉扬州梦，赢得青楼薄幸名。”杜牧曾随牛僧孺出镇扬州，出入娼楼，后又去洛阳。他时常追念往日繁华如梦的扬州生活。后人也把尘世的热闹喧嚣称为“扬州梦”。

结子，(丑)柳绵浮水又成萍①。(望介)你看老沈、老张不约俺一声儿，先到廊下向暖。我们走去，打他个耳刮子。(相见，诨介)(外问杂介)又传我们到那里去？(杂)传你们到礼部过堂，送入内廷教戏。(外)前日免过俺们了。(杂)内阁大老爷不依，定要借重你们几个老清客哩！(净)是那几个？(杂)待我瞧瞧票子②。(取票看介)丁继之、沈公宪、张燕筑。(问介)那姓丁的如何不见？(外)他出家去了。(杂)既出了家，没处寻他，待我回官吧！(向净、外介)你们到了的，竟往礼部过堂去。(净)等他姊妹们到齐着。(杂)今日老爷们秦淮赏雪，吩咐带着女客，席上验看哩！(外、净)既是这等，我们先去了。正是：传歌留乐府，擫笛傍宫墙③(下)(杂看票问小旦介)你是寇白门么？(小旦)是。(杂问丑介)你是卞玉京么？(丑)不是，我是老妥。(杂)是郑妥娘了。(问介)那卞玉京呢？(丑)他出家去了。(杂)咦，怎么出家的都配成对儿？(问介)后边还有一个脚小走不上来的，想是李贞丽了？(小旦)不是，李贞丽从良去了。(杂)我方才拉他下楼，他说是李贞丽，怎的又不是？(丑)想是

① 柳绵浮水又成萍：我国古代传说，浮萍是柳绵入水变化而成的。 ② 票子：也称“票”，官府命差役传呼或逮捕人的文书。 ③“擫(yè夜)笛”句：唐代人李谟爱好音乐，拿着笛子在宫墙外偷听玄宗在宫里奏乐，并把曲调都记了回来。擫笛，是用手指按笛子。

他女儿顶名替来的。(杂)母子总是一般,只少不了数儿就好了。(望介)他早赶上来也。

【忒忒令】(旦)下红楼残腊雪浓[1],过紫陌早春泥冻[2]。不惯行走,脚儿十分痛。传凤诏,选蛾眉,把丝鞭,骑骄马,催花使乱拥。

奴家香君,被捉下楼,叫去学歌,是俺烟花本等,只有这点志气,就死不磨。(杂喊介)快些走动!(旦到介)(小旦)你也下楼了,屈尊,屈尊!(丑)我们造化,就得服侍皇帝了。(旦)情愿奉让罢。(同行介)(杂)前面是赏心亭了,内阁马老爷、光禄阮老爷、兵部杨老爷少刻即到。你们各人整理伺候。(杂同小旦、丑下)(旦私语介)难得他们凑来一处,正好吐俺胸之气!

【前腔】赵文华陪着严嵩[3],抹粉脸、席前趋奉,丑腔

① 残腊:开败的腊梅。 ② 紫陌:指帝都郊野的道路。③"赵文华"句:严嵩,明朝江西分宜人,字惟中,弘治年间进士,后拜武英殿大学士,官至太子太师。他和儿子严世蕃、私党赵文华恃宠专权。御史杨继盛因弹劾他有五奸、十大罪,被他害死。后来,御史邹应龙等人极力陈说严嵩一伙不法,明廷终于抄没严家,罢黜严嵩,斩杀严世蕃。严嵩终至寄居墓舍而死。

恶态，演出真鸣凤①。俺做个女祢衡②，挝渔阳，声声骂，看他懂不懂。

（净扮马士英，副净扮阮大铖，末扮杨文骢，外、小生扮从人喝道上）（旦避下）（副净）琼瑶楼阁朱微抹，（末）金碧峰峦粉细勾③。（净）好一派雪景也。（副净）这座赏心亭，原是看雪之所。（净）怎么原是看雪之所？（副净）宋真宗曾出周昉雪图④，赐与丁谓，说道："卿到金陵，可选一绝景处张之。"因建此亭。（净看壁介）这壁上单条⑤，想是周昉雪图了。（末）非也，这是画友蓝瑛新来见赠的。（净）妙，妙！你看雪压钟山，正对图画，赏心胜地，无过此亭矣！（末吩咐介）就把炉、榼、游具，摆设起来⑥。（外、小生席地坐介）（副

---

① 鸣凤：即《鸣凤记》，相传为明代王世贞所著，演述杨继盛弹劾严嵩的故事。 ② 祢衡：东汉末年名士。有人推荐祢衡做官。丞相曹操见到祢衡不以礼相待。祢衡反唇相讥。曹操很生气，让他击鼓助兴以羞辱他。祢衡当堂击出慷慨悲壮的"渔阳三挝"，使听者为之感动；然后又痛骂曹操。 ③"琼瑶"二句：琼瑶本是美玉，此处比喻白雪。琼瑶楼阁朱微抹是说楼阁被白雪覆盖，朱红楼阁仅露出少许。金碧，是金黄、碧绿两种颜色。粉，是白色。金碧峰峦粉细勾是说长满松柏树木的山峰像被白粉细细勾画过一样。这两句都是形容风景美如图画。抹、勾是国画中的两种笔法。 ④ 周昉雪图：周昉，唐代画家，以善画人物著名。雪图指其所绘《袁安卧雪图》。 ⑤ 单条：书画的单幅条幅。 ⑥ 榼（kē 棵）：古时盛酒的器具。

净向净介)荒亭草具,恃爱高攀,着实得罪了。(净)说那里话。可笑一班小人,奉承权贵,费千金盛设,十分丑态,一无所取,徒传笑柄。(副净)晚生今日扫雪烹茶,清谈攀教,显得老师相高怀雅量,晚生辈也免了几笔粉抹。(净)呵呀!那戏场粉笔,最是利害①,一抹上脸,再洗不掉,虽有孝子慈孙,都不肯认做祖父的。(末)虽然利害,却也公道,原以儆戒无忌惮之小人,非为我辈而设。(净)据学生看来,都吃了奉承的亏。(末)为何?(净)你看前辈分宜相公严嵩,何尝不是一个文人?现今《鸣凤记》里抹了花脸,着实丑看,岂非赵文华辈奉承坏了?(副净打躬介)是,是!老师相是不喜奉承的。晚生惟有心悦诚服而已。(末)请酒!(同举杯介)(副净问外介)选的妓女可曾叫到了么?(外禀介)叫到了。(杂领众妓叩头介)(净细看介)(吩咐介)今日雅集②,用不着他们,叫他礼部过堂去罢。(副净)特令到此伺候酒席的。(净)留下那个年小的罢。(众下)(净问介)他唤什么名字?(杂禀介)李贞丽。(净笑介)丽而未必贞也。

---

①"那戏"二句:我国戏曲中的奸臣角色,如曹操、严嵩等,都用粉笔描大白脸,因此马士英说它厉害。②雅集:风雅的聚会。

（笑向副净介）我们扮过陶学士了①，再扮一折党太尉何如？（副净）妙，妙！（唤介）贞丽过来斟酒唱曲。（旦摇头介）（净）为何摇头？（旦）不会。（净）呵呀！样样不会，怎称名妓？（旦）原非名妓。（掩泪介）（净）你有甚心事，容你说来。

【江儿水】（旦）妾的心中事，乱似蓬，几番要向君王控。拆散夫妻惊魂迸，割开母子鲜血涌，比那流贼还猛。做哑装聋，骂着不知惶恐。

（净）原来有这些心事。（副净）这个女子却也苦了。（末）今日老爷们在此行乐，不必只是诉冤了。（旦）杨老爷知道的，奴家冤苦，也值当不的一诉②。

【五供养】堂堂列公，半边南朝，望你峥嵘③。出身希贵宠，创业选声容，后庭花又添几种④。把俺胡撮

---

① 陶学士：即在五代时任周朝翰林学士，入宋后官至尚书的陶谷。一天，陶谷用雪水烹茶，并问身边一个得自太尉党进家的侍姬说："他家有如此风味吗？"侍姬回答："太尉是个粗人，只懂得在华丽的帐幕下款酌低唱，哪有这样的风味。"曲中是借陶学士、党太尉表示高雅、豪奢的不同趣味。

② 值当不的：即值不得。 ③ 峥嵘：振兴、昌盛的意思。

④ 后庭花：本乐府吴声歌曲，即《玉树后庭花》。南朝陈后主嗜声乐，于清乐中造《玉树后庭花》等曲，与幸臣等制其歌词。陈后主经常和妃子、宠臣听曲宴乐，不理朝政，以致亡国。因此，后人便把"后庭花"当作亡国之音。

弄①,对寒风雪海冰山,苦陪觞咏②。

(净怒介)哇!这妮子胡言乱道,该打嘴了!(副净)闻得李贞丽原是张天如、夏彝仲辈品题之妓③,自然是放肆的,该打该打!(末)看他年纪甚小,未必是那个李贞丽。(旦恨介)便是他待怎的!

【玉交枝】东林伯仲④,俺青楼皆知敬重。干儿义子从新用,绝不了魏家种。(副净)好大胆!骂的是那个?快快采去丢在雪中!(外采旦推倒介)(旦)冰肌雪肠原自同,铁石心腹何愁冻。(副净)这奴才,当着内阁大老爷,这般放肆,叫我们都开罪了。可恨可恨!(下席踢旦介)(末起拉介)(净)罢,罢!这样奴才,何难处死,只怕妨了俺宰相之度。(末)是,是!丞相之尊,娼女之贱,天地悬绝,何足介意!(副净)也罢,启过老师相,送入内庭,拣着极苦的脚色,叫他去当!(净)这也该的。(末)着人拉去吧。(杂拉旦介)(旦)奴家

---

① 胡撮弄:随便戏侮、摆弄的意思。 ② 觞咏:饮酒吟诗。 ③ 张天如:1602—1641,江苏太仓人,名溥,崇祯四年(1631)进士。他曾和同乡人组织复社,号称继承东林,大胆批评时政,后来被同乡陆文声诬告,遭受迫害至死。夏彝仲:名允彝,明朝江苏松江人,崇祯十年(1637)进士。他曾和同乡人组织几社,与复社、东林的文人相呼应,清兵攻陷南京后,1646年投水自杀。品题:原为评议论说,分定级次的意思,此处还有重视、褒扬之意。 ④ 伯仲:本来指兄弟,此处引申为同道者。

已拚一死。吐不尽鹃血满胸[①]！吐不尽鹃血满胸！

（拉旦下）（净）好好一个雅集，被这奴才搅乱坏了，可笑，可笑！（副净、末连三揖介）得罪，得罪！望乞海涵[②]，另日竭诚罢。（净）兴尽宜回春雪棹[③]，（副净）客羞应斩美人头[④]。（净、副净从人唱道下）（末吊场介）可笑香君才下楼来，偏撞两个冤对[⑤]。这场是非免不了的。若无下官遮盖，香君性命也有些不妥哩！罢，罢！选入内庭，倒也省了几日悬挂；只是媚香楼无人看守，如何是好！（想介）有了，画友蓝瑛托俺寻寓，就接他暂住楼上，待香君出来，再作商量。

赏心亭上雪初融，煮鹤烧琴宴巨公[⑥]，

恼杀秦淮歌舞伴，不同西子入吴宫[⑦]。

---

① 鹃血：即杜鹃啼血。 ② 海涵：即海量的包涵，意思是宽容大度。 ③ 兴尽：南朝宋刘义庆所著《世说新语》记载，王子猷乘船雪夜往访戴安道。将至戴家，他又叫人把船划回去。有人问他原因，他说："乘兴而来，兴尽而返。"马士英这样说表示他感到十分败兴。 ④ 客羞应斩美人头：《史记·平原君列传》记载：战国时，赵国平原君家的美人看见一个跛子蹒跚汲水的样子，失口大笑。跛子诉于平原君。平原君没有答应他的要求杀死那个美人。他豢养的食客们因此认为他贪爱美女而贱视义士，陆续散去过半。平原君为此斩下美人的头，送给那个跛子谢罪。 ⑤ 冤对：即冤家对头。 ⑥ 煮鹤烧琴：指杀风景、效果适得其反的事情。巨公：即大官。 ⑦ 西子：即西施。

【翻译】

阮大铖(身着官服上)(唱):

风流世,

如今又遭逢;

六朝金粉模式,

我偏精通。

掌管烟花,

衔头是供奉。

簇新新乌纱帽衬着官袍红,

皂皮靴绿线缝,

皂皮靴绿线缝。

(自笑)(白):我阮大铖全亏了贵阳相公破格提拔,重新当上内庭的供奉官。今天上任回来,好不荣耀!且喜当今皇上性喜文墨,委任王铎为内阁大学士,钱谦益为礼部尚书。鄙人不才,也在文学侍从之列。与皇上日益接近,知无不言。前些天献上我所作的四种传奇,圣心大悦,马上传下圣旨,命令礼部挑选官女,要拿《燕子笺》来排演,当作本朝中兴的一代乐曲。我想这本传奇,精深奥妙,如果被那些俗手教坏了,岂不损害了我的文名。所以,我乘机向皇上启奏:“生口不如熟口,清客强过教手。”皇上从谏如流,就命令广搜妓院,大索秦淮一带,找到清客、妓女好几十人,交到礼部挑选。前几天查看他们的相貌技艺，都平平常常；还有几个出名的，又都是杨龙友的旧交。求情免选，下官只好把他们名字勾去。昨天见到贵阳相公，说道："教演新戏是皇上的一桩心事，难道不选好的，倒选坏的不成？"所以我只好又派人去传他们，到现在还没来。今天是乙酉年正月初七的好日子，我约好杨龙友，在赏心亭摆下酒席，邀请我贵阳师相喝酒赏雪。我早已吩咐，把新选来的妓女，带到酒席筵前验看。正是：花柳笙歌隋事业，谈谐裙屐晋风流。（下）

卞玉京（着道装背包袱急忙上）（唱）：

家本住蕊珠宫，

恨无端业海狂风，

将人轻易地向青楼送。

唱得喉头肿，

舞得裙腰松，

魂灵儿终身在巫山洞。

（白）：我卞玉京，今天为什么这样装扮？都因为朝廷搜拿歌妓，逼得我断绝了凡心，昨天夜里告别姐妹们，换了道装，飘然出院。可是不知道哪里好去投师。

望城东满眼云山，

寻仙界，路无穷。

（飘逸地下）

（丁继之、沈公宪、张燕筑上）

丁继之（唱）：

正在秦淮把箫弄，

看好月映照，

名花动影上帘栊，

凤诏颁下，指名唤乐工，

南朝天子春心动。

（白）：我丁继之年过六旬，久已抛了歌板。前几日托过杨老爷，已经免了我进宫教戏，怎么今日又传起我来了？

沈公宪、张燕筑（白）：

我们两人也都是免过的，又来传叫，不知有何话说。

丁继之（向二人拱手作揖）（白）：

两位老弟，大家一起商量商量，咱们一班清客，打动了皇上，召咱们去教唱，这也不是容易的事。

沈公宪、张燕筑（白）：

正是。

丁继之（白）：

你们两位青年上进，应该去走走；我老汉多病年老，也不指望有什么奔头了。今天我要躲过，求你们二位帮我遮盖遮盖。

沈公宪（白）：

这有什么关系，太公钓鱼，愿者上钩。

张燕筑(白):

对对!难道你犯了王法,定要抓去审问不成?

丁继之(白):

既然如此,我老汉就回去了。(往回疾走)

(唱):急忙回首,

见青青远峰;

逍遥寻路,

却只是森森乱松。

(顿足)如果不离开这红尘俗世,怎能免得束缚。

(从袖里摸出道巾、黄绦,换装)(转回头呼喊)你们二位请看我的打扮吧!

做道人我醒了扬州梦。

(摇摆地下)

沈公宪(白):

咦?他竟然出家去了,好狠的心!

张燕筑(白):

我们先坐在廊子下面晒太阳,等她们姐妹都来了,一块儿去礼部过堂。

(两人坐下)

(寇白门、郑妥娘上,差役跟上)

寇白门(白):

桃片随风不结籽,

郑妥娘(白)：

柳绵浮水又成萍。(望见沈公宪、张燕筑)你看，老沈、老张也不约咱们一声，就抢先到廊下晒暖。咱们过去，打他们个耳刮子。

(众人相见，打诨)

沈公宪(问差役)：

又传我们上哪儿去？

差役(白)：

传你们到礼部过堂，然后送进皇宫教戏。

沈公宪(白)：

前几天免过我们的差了。

差役(白)：

内阁大老爷不答应，定要借重你们几位老清客呢！

张燕筑(白)：

是哪几个？

差役(白)：

等我看看票子。(取票来看)丁继之、沈公宪、张燕筑。(问)那个姓丁的怎么不见？

沈公宪(白)：

他出家去了。

差役(白)：

既然出了家，没处找他去，待我回官吧。(向沈公宪、张燕筑)你们到了的,直接去礼部过堂去。

张燕筑(白):

等她们姐妹到齐吧。

差役(白):

今天老爷们都在秦淮赏雪,吩咐带着女客,在酒筵席上验看呢!

沈公宪、张燕筑(白):

既然如此,我们就先去了。正是:传歌留乐府,㧐笛傍宫墙。

(二人下)

差役(看票,问寇白门):

你是寇白门么?

寇白门(白):

是。

差役(问郑妥娘):

你是卞玉京么?

郑妥娘(白):

不是,我是老妥。

差役(白):

是郑妥娘了。(发问)那卞玉京呢?

郑妥娘(白):

她出家去了。

差役(白)：

咦，怎么出家的都配成对儿？(发问)后边还有一个脚小赶不上的，想是李贞丽了？

寇白门(白)：

不是，李贞丽从良去了。

差役(白)：

我刚才拉她下楼，她说是李贞丽，怎么又不是？

郑妥娘(白)：

想必是她女儿顶名代替来的。

差役(白)：

反正母女都一样，只要数目不少就行。(向后望)她早已赶上来了。

李香君(上)(白)：

下红楼、残腊雪正浓，
过紫陌、早春泥犹冻。
不惯行走，
脚儿十分痛。
传凤诏，
选取蛾眉，
把丝鞭，
骑着骄马，
催花使者杂乱地拥。

(白)：我香君被捉下楼，叫去学歌，这本是当歌妓的份内之事，只有这点志气，就是死也决不磨灭。

差役(叫喊)：

快点儿走！

(李香君赶上来)

寇白门(白)：

你也下楼了？屈尊，屈尊！

郑妥娘(白)：

我们有福气，就要去伺候皇上了。

李香君(白)：

情愿把这份福气让掉吧！

(众人同行)

差役(白)：

前边是赏心亭了。内阁马老爷、光禄寺阮老爷、兵部杨老爷少时就到。你们各自都整理整理，准备伺候。

(差役、寇白门、郑妥娘下)

李香君(私语)：

难得他们都凑到一处，正好吐吐我胸中之气。

(唱)：赵文华陪着严嵩，

抹粉脸在席前趋奉；

丑腔恶态，

演出真《鸣凤》。

俺做个女祢衡，

挝着渔阳鼓，

声声骂，

看他懂不懂。

（马士英、阮大铖、杨文骢由从人喝道簇拥上）

（李香君躲身下）

阮大铖（白）：

琼瑶楼阁朱微抹，

杨文骢（白）：

金碧峰峦粉细勾。

马士英（白）：

好一派雪景！

阮大铖（白）：

这座赏心亭，原就是观赏雪景的地方。

马士英（白）：

怎么原本是赏雪的地方？

阮大铖（白）：

宋真宗曾经把唐代周昉所画《袁安卧雪图》赐给丁谓，说："你到金陵后，可以挑一个景色绝妙的地方把这幅画张挂起来。"丁谓因此建造了这座亭子。

马士英（望墙壁）（白）：

这墙上挂的单条，想必是周昉画的雪景了。

杨文骢(白):

不是,这是我的画友蓝瑛新近送给我的。

马士英(白):

妙,妙!你们看,雪压钟山,正巧和画中意境相合。要说娱悦心情的好地方,没有超过这亭子的了。

杨文骢(吩咐):

赶快把暖炉、酒器、游戏之具摆设起来。

(从人设席安坐)

阮大铖(面向马士英)(白):

在这荒野亭中,草草备下酒席,怠慢高攀,实在是得罪了。

马士英(白):

哪里哪里。可笑一班小人,奉承权贵,花费千金,摆下盛筵,十分丑恶,没有一点可取之处,白白留下笑柄。

阮大铖(白):

晚生今天扫雪烹茶,只是清谈请教,显得老师相高怀雅量;晚生们也免掉了脸上的几笔粉抹。

马士英(白):

呵呀!那戏场的粉笔,最为厉害,一被抹上了脸,就再也洗不掉。虽有孝子贤孙,都不肯认这种人作祖作父的。

杨文骢(白):

虽然厉害，倒也公道，这粉笔原本是惩戒无所顾忌的小人的，并不是为咱们这些人而设的。

马士英(白)：

依我看来，被画白脸的，都是吃了奉承的亏。

杨文骢(白)：

为什么呢？

马士英(白)：

你看前辈分宜相公严嵩，何尝不是一个文人？如今在《鸣凤记》里被画成花脸，着实难看。岂不是被赵文华之流奉承坏了？

阮大铖(打恭)(白)：

是！是！老师是不喜别人奉承的，晚生对您只有心悦诚服而已。

杨文骢(白)：

请饮酒吧。

(众人举杯)

阮大铖(问从人)：

选中的妓女叫来了没有？

从人(白)：

叫来了。(差役带领众妓女叩头)

马士英(仔细观看)(吩咐)：

今日雅集，用不着她们，让她们到礼部过堂去吧。

阮大铖(白):

是特地让她们到这里伺候酒席的。

马士英(白):

留下那个年小的吧。

(众人下)

马士英(问):

她叫什么名字?

差役(报告):

李贞丽。

马士英(笑)(白):

艳丽却未必贞节哟!(笑着向阮大铖)咱们扮演过陶学士了,再扮一出党太尉怎么样?

阮大铖(白):

妙!妙!(吩咐)贞丽过来斟酒唱曲。

(李香君摇头)

马士英(白):

为什么摇头?

李香君(白):

不会!

马士英(白):

呵呀!样样不会,怎能称为名妓!

李香君(白):

原来就不是名妓！（拭泪）

马士英(白)：

你有什么心事,容许你说出来。

李香君(唱)：

妾的心中事，

乱如蓬，

几番要向君王当面控。

拆散夫妻惊魂迸，

割开母子鲜血涌！

比那流贼还凶猛，

做哑装聋，

骂着不知惶恐！

马士英(白)：

原来你有这些心事。

阮大铖(白)：

这个女子却倒也苦。

杨文骢(白)：

老爷们今天在这儿行乐,你不要只顾诉冤了。

李香君(白)：

杨老爷是知道的,奴家的冤苦,原也不值得一诉。

(唱)：堂堂列公，

半边南朝，

望着你势位峥嵘。

你做了官一味地希求贵宠，

你创的事业呵，

是为皇上选声歌、求姿容，

《后庭花》从今又添几种！

却把俺胡撮弄，

对着这雪海冰山与寒风，

苦苦陪觞咏。

马士英(发怒)(白)：

哇！这妮子胡说八道，应该打嘴！

阮大铖(白)：

听说李贞丽原是张天如、夏彝仲辈品题过的妓女，自然是放肆的，该打该打！

杨文骢(白)：

看她年纪很小，未必是那个李贞丽。

李香君(愤恨)(白)：

即使是她又待怎样！

(唱)：他们是东林伯仲，

俺青楼皆知敬重。

而今呵干儿义子又从新用，

绝不了魏家种！

阮大铖(白)：

好大胆！你骂的是谁？快拉出去扔在雪地里！

（从人拉出李香君推倒在地）

李香君（唱）：

冰肌雪肠原与冰雪同，

铁心石腹何愁冻！

阮大铖（白）：

这个奴才，当着内阁大老爷如此放肆，叫我们都开罪了，可恨可恨！（离开酒席猛踢李香君）

（杨文骢起身拉开）

马士英（白）：

罢！罢！这样奴才，何难把她处死，只怕伤了我的宰相度量。

杨文骢（白）：

是！是！以丞相的尊贵，娼妓的低贱，天差地远，何必在意！

阮大铖（白）：

也罢，禀过老师相，把她送进皇宫，拣个极苦的角色，叫她去演！

马士英（白）：

这也应该的。

杨文骢（白）：

叫人把她拉下去吧。

(差役拉李香君)

李香君(白):

奴家已拼却一死!

(唱):吐不尽鹃血满胸!

吐不尽鹃血满胸!

(差役拉李香君下)

马士英(白):

好好一个雅集,被这个奴才搅乱坏了,可笑,可笑!

阮大铖、杨文骢(连作三揖)(白):

得罪!得罪!求老师相多多包涵。过些日子再竭诚奉请吧。

马士英(白):

兴尽宜回春雪棹,

阮大铖(白):

客羞应斩美人头。

(马士英、阮大铖由从人喝道簇拥下)

杨文骢(吊场,白):

可笑香君刚下楼来,就偏偏撞上两个冤家对头,这场是非是免不了的。若无下官遮盖,只怕香君的命也有点难保哩!罢!罢!选进皇宫去,倒也省了我几天的记挂;就是媚香楼没人看守,可怎么办?(寻思)有了,画友蓝瑛托我找一处住所,就接他去暂时住在楼上,等香君出来再商量。

赏心亭上雪初融，煮鹤烧琴宴巨公，

恼杀秦淮歌舞伴，不同西子入吴宫。

沉　　江　乙酉五月

“沉江”选自原作第三十八出。这出戏表现了南明王朝的覆灭，并通过这个巨大的社会变动，对全剧做了悲剧性的归结：它展示了史可法领导的南明军队对清军抵抗的失败。正如他自己所说，“俺史可法率三千子弟，死守扬州，那知力尽粮绝，外援不至”。他想凭借个人力量挽救整个腐朽王朝的命运是根本不可能的。因此，他的悲剧不仅是个人的悲剧，更重要的是社会的悲剧。它揭示了以弘光帝、马士英、阮大铖等昏君、奸臣为代表的南明统治集团推行黑暗政治的恶果。它还预示了侯、李爱情悲剧性的终结。作者笔下的侯、李爱情，是有着鲜明的政治意义的。一旦国破家亡，他们不可能超然物外，过不问世事的爱情生活；幻灭、出家，是必然的结局。

作品曲词慷慨悲凉，十分感人。

【锦缠道】（外扮史可法、毡笠急上）（回头望介）望烽烟，杀气重，扬州沸喧，生灵尽席卷①，这屠戮皆因我愚忠不转。兵和将，力竭气喘，只落了一堆尸软。俺史可法率三千子弟，死守扬州，那知力尽粮绝，外援不至。北兵今夜攻破北城，俺已满拚自尽②，忽然想起明朝三百年社稷，只靠俺一身撑持，岂可效无益之死，舍孤立之君！故此缒下南城③，直奔仪真④，幸遇一只报船，渡过江来。（指介）那城阙隐隐，便是南京了。可恨老腿酸软，不能走动，如何是好？（惊介）呀！何处走来这匹白骡？待俺骑上，沿江跑去便了。（骑骡，折柳作鞭介）跨上白骡鞯，空江野路，哭声动九

① 生灵尽席卷：人民全被杀光。 ② 拚（pàn 判）：舍弃不顾的意思。 ③ 缒（zhuì 坠）下：借绳子从高处放落到低处。④ 仪真：即今江苏仪征，地处扬州、南京之间，位于长江北岸。

原①。日近长安远②,加鞭,云里指宫殿。

(副末扮老赞礼背包裹跑上)残年还避乱,落日更思家。(外撞倒副末介)呵哟哟!几乎滚下江去。(看外介)你这位老将爷好没眼色!(外下骡扶起介)得罪!得罪!俺且问你,从那里来的?(副末)南京来的。(外)南京光景如何?(副末)你还不知么?皇帝老子逃去两三日了。日下北兵过江,满城大乱,城门都关的。(外惊介)呵呀,这等去也无益矣!(大哭介)皇天后土,二祖列宗③,怎的半壁江山也不能保住呀!(副末惊介)听他哭声,倒像是史阁部。(问介)你是史老爷么?(外)下官便是。你如何认得?(副末)小人是太常寺一个老赞礼,曾在太平门外伺候过老爷的。(外认介)是呀!那日恸哭先帝,便是老兄了。(副末)不敢。请问老爷,为何这般狼狈?(外)今夜扬州失陷,才从城头缒下来的。(副末)要向那里去?(外)原要南京保

① 九原:九泉、黄泉。 ② 日近长安远:晋明帝司马绍幼年回答他父亲"太阳和长安,哪个离这里近"的问题时说:"太阳近,因为仰头可以望到太阳,却望不到长安。"古人多用长安泛指京城,此处即指南京。这句是写史可法恨不得立刻赶到南京,心情越来越焦急,因而产生了南京比太阳还远的想法。 ③ 二祖列宗:指明朝所有已去世的皇帝。二祖,指明太祖朱元璋、明成祖朱棣;列宗指从明仁宗朱高炽到明思宗朱由检的十三位皇帝。

驾，不想圣上也走了。（顿足哭介）

【普天乐】撇下俺断篷船，丢下俺无家犬；叫天呼地千百遍，归无路，进又难前。（登高望介）那滚滚雪浪拍天，流不尽湘累怨①。（指介）有了，有了，那便是俺葬身之地！胜黄土，一丈江鱼腹宽展。（看身介）俺史可法亡国罪臣，那容的冠裳而去！（摘帽，脱袍、靴介）摘脱下袍靴冠冕。（副末）我看老爷竟像要寻死的模样。（拉住介）老爷三思，不可短见呀！（外）你看茫茫世界，留着俺史可法何处安放！累死英雄，到此日看江山换主，无可留恋！

（跳入江翻滚下介）（副末呆望良久，抱靴、帽、袍服哭介）史老爷呀！史老爷呀！好一个尽节忠臣，若不遇着小人，谁知你投江而死呀！（大哭介）（丑扮柳敬亭，携生忙上）偷生辞狱吏，避乱走天涯。（末扮陈贞慧、小生扮吴应箕携手忙上）日日争门户，今年傍那家？（生呼介）定兄、次兄，日色将晚，快些走动！（末、小生）来了。（丑）我们出狱，不觉数日，东藏西躲，终无栖身之地。前面是龙潭江岸②，大家商量商量，分路逃生吧！（末）是，是。（见副末介）你这位老兄，为何在此恸哭？（副末）俺也是走路的，适才撞见史阁部老

---

① 湘累：无罪而死的人称作累。屈原因楚国为秦国所灭，感到绝望，投湘水而死，后人称他为“湘累”。此处是史可法用屈原自比。 ② 龙潭：地名，在南京城东。

爷投江而死，由不的伤心哭他几声。（生）史阁部怎得到此？（副末）今夜扬州城陷，逃到此间，闻的皇帝已走，跺了跺脚，跳下江去了！（生）那有此事！（副末指介）这不是脱下的衣服、靴、帽么！（丑看介）你看衣裳里面，浑身朱印。（生）待俺认来。（读介）"钦命总督江北等处兵马内阁大学士兼兵部尚书印"（生惊哭介）果然是史老先生。（末）设上衣冠，大家哭拜一番。（副末设衣冠介）（众哭拜介）

【古轮台】（合）走江边，满腔愤恨向谁言？老泪风吹面，孤城一片，望救目穿。使尽残兵血战，跳出重围，故国苦恋，谁知歌罢剩空筵。长江一线，吴头楚尾路三千，尽归别姓。雨翻云变，寒涛东卷，万事付空烟。精魂显，《大招》声逐海天远①。

（生拍衣冠大哭介）（丑）阁部尽节，成了一代忠臣，相公不必过哀。大家分手吧。（生指介）你看一望烟尘，叫小生从那里归去？（末）我两人绕道前来，只为送兄过江；今既不能北上，何不随俺南行？（生）这纷纷乱世，怎能始终相依？倒是各人自便吧。（小生）侯兄主意若何？（生）我和敬亭商议，要寻一深山古寺，暂避数日，再图归计。（副

① 大招：《楚辞》里的一篇，是为死者招魂的作品。也用以泛指招魂之作。"《大招》声逐海天远"，意为人民悼念史可法而为他招魂之声，将随着海水而远播天际。

末）我老汉正要向栖霞山去，那边地方幽僻，尽可避兵，何不同往？（生）这等妙极了。（末、小生）侯兄既有栖身之所，我们就此作别吧。（拜别介）伤心当此日，会面是何年？（末、小生掩泪下）（生问副末介）你到栖霞山中，有何公干？（副末）不瞒相公说，俺是太常寺一个老赞礼，只因太平门外哭奠先帝之日，那些文武百官，虚应故事，我老汉动了一番气恼，当时约些村中父老，捐施钱粮，趁着这七月十五日，要替崇祯皇帝建一个水陆道场①。不料南京大乱，好事难行，因此携着钱粮，要到栖霞山上，虔请高僧②，了此心愿。（丑）好事！好事！（生）就求携带同行便了。（副末）待我收拾起这衣服、靴、帽着。（丑）这衣服、靴、帽你要送到何处去？（副末）我想扬州梅花岭③，是他老人家点兵之所，待大兵退后，俺去招魂埋葬，便有史阁部千秋佳城了④。（生）如此义举，更为难得！（副末背袍、靴等，生、丑随行介）

【余文】山云变，江岸迁，一霎时忠魂不见，寒食何人知墓田⑤？

---

① 水陆道场：也称水陆斋，是佛教设斋供奉，以超度水陆众鬼的法会。② 虔：恭敬的意思。③ 梅花岭：在扬州广储门外，该处有史可法衣冠墓。④ 千秋佳城：指坟墓。古人迷信，认为人死后在阴间还要生活，所以重视营建墓所。⑤ 寒食：清明节的前两天，是祭奠扫墓的日子。

（副末）千古南朝作话传，（丑）伤心血泪洒山川。

（生）仰天读罢《招魂》赋①，（副末）扬子江头乱瞑烟。

【翻译】

史可法（头戴毡帽急匆匆上）（回头望）

（唱）：回头望烽烟，

杀气重，

扬州声沸喧。

生灵尽灭如席卷，

这屠戮都因我愚忠不转。

兵和将，

早已经力竭气喘，

到头来只剩了一堆尸体软。

（白）：我史可法率领三千子弟兵死守扬州，哪知道力尽粮绝，援兵又不来。今天夜里，南下的清兵攻下北城。我本来已经拼出一死，猛然想到这大明朝相传三百年的江山，全靠我一人支撑，怎能作无益的牺牲，丢下孤立无助的皇上！所以用绳索从南城吊下，直奔仪征，正好遇

---

① 《招魂》赋：即《招魂》，是《楚辞》的一篇，有人认为是屈原所作，为死于秦国的楚怀王招魂；有人认为是宋玉所作，为屈原招魂。

上一条通讯的船只，渡过江来。（指南方）那隐隐的城楼，就是南京了。可恨这一双老腿又酸又软，不能走动，这可怎么办？（吃惊）呀！哪儿来的这匹白骡？我骑上它，沿着长江跑去便了。（骑上白骡，折一枝柳条作鞭子）

跨上了白骡鞯，

这空江野路，

也听得哭声震动九泉。

真个是“日近长安远”，

快加鞭，

向着那隐在云雾里的宫殿。

老赞礼（身背包裹跑上）（白）：

残年还避乱，落日更思家。

（史可法骑骡撞倒老赞礼）

老赞礼（白）：

哎哟哟！差点儿滚到江里去。（看史可法）你这位老将爷好没眼色！

史可法（下骡扶起老赞礼）（白）：

得罪！得罪！我请问你，从哪里来的？

老赞礼（白）：

从南京来。

史可法（白）：

南京情况怎么样?

老赞礼(白):

你还不知道呀！皇帝老子已经逃走两三天了。眼下清兵渡过长江,满城大乱,连城门都关上了。

史可法(吃惊)(白):

哎呀,这样去也没用了！(大哭)皇天后土！二祖列宗！怎么连这半壁江山也保不住啊！

老赞礼(吃惊)(白):

听他的哭声,倒像是史阁部。(问)你是史老爷吗?

史可法(白):

下官便是。你怎么认得的?

老赞礼(白):

小人是太常寺的一个老赞礼,曾经在太平门外伺候过老爷。

史可法(认出)(白):

是呀！那天痛哭先帝,就是你老兄了。

老赞礼(白):

不敢。请问老爷,为什么这样狼狈?

史可法(白):

今天夜里扬州失陷,我是刚刚才从城头用绳索吊下来的。

老赞礼(白):

您这是要到哪儿去？

史可法(白)：

本来要去南京保驾；没想到皇上也逃走了。(跺脚痛哭)

(唱)：撇下了俺这断篷船，

丢下了俺这无家犬；

叫天呼地千百遍，

归去无路，

行进又难向前。

(登高眺望)

那滚滚的雪浪上拍天，

却流不尽湘累怨。

(手指大江)(白)：有了！有了！那里就是我的葬身之地！

一丈江鱼腹宽广，

胜过黄泉。

(看身上)(白)：我史可法是亡国的罪臣，怎配戴着朝冠，穿着朝衣去死呢！(摘帽、脱袍、靴)

脱下袍靴摘冠冕。

老赞礼(白)：

我看史老爷竟像要去寻死的样子！(拉住)老爷好好想想，可不能自寻短见呀！

史可法(白)：

你看，这茫茫世界，留着我史可法向何处安放？

把英雄累死，

到此日却眼看江山换主，

无物可留恋。

(跳进大江随波涛翻滚而下)

老赞礼(呆望良久，抱起靴、帽、袍大哭)(白)：

史老爷呀！史老爷呀！好一个尽节的忠臣！要不是遇着小人，有谁知道你投江而死呀？(大哭)

柳敬亭(拉着侯方域上)(白)：

偷生辞狱吏，避乱走天涯。

陈定生、吴次尾(携手忙上)(白)：

日日争门户，今年傍哪家？

侯方域(呼叫)(白)：

陈兄，吴兄，天快晚了，快点儿走！

陈定生、吴次尾(白)：

来了。

柳敬亭(白)：

我们出狱已经好几天了，东躲西藏，总也没有个栖身之处。前边就是龙潭江岸，大家商量一下，分路逃生吧。

陈定生(白)：

是，是。（看见老赞礼）你这位老兄，为什么在这儿恸哭？

老赞礼（白）：

我也是走路的，刚才撞见史可法老爷跳江自尽，不由得伤心哭他几声。

侯方域（白）：

史阁部怎么会到这儿来？

老赞礼（白）：

今夜扬州陷落，逃到此处，听说皇帝已走，跺了跺脚，跳下江去了。

侯方域（白）：

哪有这样的事？

老赞礼（指衣帽等）（白）：

这不是他脱下来的衣服、靴帽吗？

柳敬亭（看衣帽）（白）：

你看，这衣裳的里面，浑身都盖着朱印哩！

侯方域（白）：

待我来认。（读）“钦命总督江北等处兵马内阁大学士兼兵部尚书印”。（大惊痛哭）果然是史老先生。

陈定生（白）：

把衣冠供在上面，大家哭拜一番。

（陈定生供设衣冠）

众人(哭拜)(合唱):

走江边,

满腔愤恨向谁言?

风吹着流满老泪的脸面。

孤城一片,

望救兵目已穿。

使尽残兵来血战,

跳出重围,

把故国苦恋,

谁知道歌声歇绝剩空筵。

长江如一线,

那吴头楚尾路三千,

已尽把姓氏换。

雨翻云变,

寒涛东卷,

万事付空烟。

精魂永昭显,

《大招》声逐海天远。

(侯方域拍着衣冠大哭)

柳敬亭(白):

阁部尽节,成为一代忠臣,相公不必过于哀痛。大家在这儿分手吧。

侯方域(手指)(白):

你看,满目烟尘,叫我从哪里回去?

陈定生(白):

我们两个人绕路到这儿,都是为了送你过江;现在既然没办法北上,何不和我一起往南走呢?

侯方域(白):

这纷纷乱世,朋友们怎么能永远在一起?倒是各人自便吧。

吴次尾(白):

侯兄有什么打算?

侯方域(白):

我和敬亭商量,要找一座深山古庙,先躲几天,再想办法回去。

老赞礼(白):

我老汉正要到栖霞山去。那边地方幽僻,尽可以避兵,何不一块儿去?

侯方域(白):

这样就太好了!

陈定生、吴次尾(白):

侯兄既然有了栖身的地方,我们就在这儿分手吧。(互相道别)伤心当此日,会面是何年?

(陈定生、吴次尾拭泪下)

侯方域(问老赞礼):

您到栖霞山去,有什么事?

老赞礼(白):

不瞒相公说,我是太常寺一个老赞礼,因为在太平门外哭奠已故崇祯皇帝那天,那些文武百官员虚应故事,我老汉动了气,当时约集村中父老,捐施钱粮,要趁着七月十五日,替崇祯皇帝建一个水陆道场。没想到南京大乱,好事难行,因此带着钱粮,要去栖霞山恭请高僧,了结这桩心事。

柳敬亭(白):

好事!好事!

侯方域(白):

那就求您携带,我们一起走便了。

老赞礼(白):

等我先收拾起这衣服、靴帽。

柳敬亭(白):

这衣服、靴帽,你要送到什么地方去?

老赞礼(白):

我想,扬州梅花岭是他老人家点兵的地方。等大兵退了,我到那儿替他招魂,再把这些衣物埋葬掉,史阁部就有个千年长存的坟墓了。

侯方域(白):

这样的义举，更为难得！

（老赞礼背起袍、靴等物）

（侯方域、柳敬亭随行）

众人（合唱）：

山云变，

江岸迁，

一霎时忠魂已不见，

到寒食有何人知他墓田！

（老赞礼）千古南朝作话传，（柳敬亭）伤心血泪洒山川，

（侯方域）仰天读罢《招魂》赋，（老赞礼）扬子江头乱暝烟。

《古代文史名著选译丛书》编纂始末①

马樟根　安平秋

今年1月，《古代文史名著选译丛书》已经出到100种101册(其中《史记》为2册)。4月份，最后的33种也已交稿。这样，全书133种即将呈献在读者面前。② 一项服务当前、造福子孙的普及优秀古代文化、进行爱国教育的大工程将宣告完工了。回想

① 《古代文史名著选译丛书》由全国高校古籍整理研究工作委员会主持，古委会直接联系的18个古籍整理研究所为主要承担机构，章培恒、安平秋、马樟根任主编。本文于1992年4月，在《中国典籍与文化》杂志发表时题目是《衣带渐宽终不悔——〈古代文史名著选译丛书〉编纂始末》。这次将此文作为2011年修订版附录时，去掉原正标题，以原副标题为正式题目。 ② 至1994年4月最后定稿时，全书为135部。2011年修订版出版时，全书为134部。

这一套丛书动员18所院校，投入100余人，从1985年筹划，1986年起步，到今天已度过了六七年的岁月，个中甘辛令人难以忘怀。

一、北大·苏州·北大

——酝酿与筹划

编纂这样一套丛书，起因于1981年7月。当时陈云同志派人到北京大学召开了小型座谈会。来人告诉与会人员陈云同志最近在考虑两个问题：一个是粮食，一个是古籍整理。对古籍整理，特别讲到陈云同志说："整理古籍，为了让更多的人看得懂，仅作标点、注释、校勘、训诂还不够，要有今译，争取做到能读报纸的人多数都能看懂。有了今译，年轻人看得懂，觉得有意思，才会有兴趣去阅读。今译要经过选择，要列出一个精选的古籍今译的目录，不要贪多。"这就是后来收入《陈云文选》的那段话。1981年9月，中共中央关于整理我国古籍的文件中一字不差地强调了这段话。1983年，教育部成立了全国高校古籍整理研究工作委员会（简称古委会）。古委会主任周林同志根据中央和陈云同志意见，提出了组织力量今译古籍。但在当时，经过"文革”后的古籍整理工作百废待兴，加之一些学者对今译重要性的认识远非今日之深，这一工作一拖便是两年。

1985年5月，全国高校古委会在苏州召开了一届二次会议。周林同志在会上作了“人才培养和古代文化遗产普及问题”的专题发言，他分析了“解放三十多年来，由于‘左’的路线干扰，特别是‘文化大革命’，几乎使我们的民族文化到了中断的边缘，出现了对古代文化知之不多，或知之甚少的状况”，要教育界的同志“做好普及古代文化知识的工作”，搞好古籍的今注今译就是其中的一项重要任务，“高校古委会要在这方面多下功夫”，“高校古籍研究所无疑应担负起这个任务”。他针对当时一些人轻视古籍的今注今译思想，呼吁“我们对于选本、今译等有利于教育普及的东西，应承认它的学术价值”，“《昭明文选》、《唐诗三百首》、《古文观止》等是地道的选本，流传几百年，发生那么大的影响，能说没有水平?”“专家们深入浅出的在对古文献研究基础上的译注，对普及古代优秀文化作出重大贡献，算不算高水平的成果呢?”“古文既要译得恰当、准确，又要通畅易懂，难度是很大的”，“为了社会主义精神文明建设，古籍整理这方面也要作出应有的贡献”。一石激浪，沉寂了几年的今译古籍的话题又重新活跃起来。会上作了一番认真讨论。

经过这样的酝酿，1985 年 7 月，全国高校古委会科研项目评审组的专家们聚集在北京大学勺园，筹划编纂一套古籍今译的精选本。初步定名为《古籍今译丛书》，议定了收书范围、内容，开列了 65 种书的选目。并决定由科研项目专家评审组召集人、复旦大学古籍所所长章培恒教授和参加过陈云同志在北大召开座谈会、当时古委会主管科研工作的副秘书长安平秋同志共同负责，与秘书处同志一起具体筹划。经几个月的筹备，决定由古委会直接联系的 18 个高校古籍研究所承担这一工作，组成编委会，并开列出 89 种书的选目，对选译的进度、规划亦作了设计。此时，几家出版社闻讯而至，表示愿意出版这套丛书。最早与我们联系的巴蜀书社的段文桂社长以其强烈的事业心和对古籍今译的高度重视感动了我们，于是决定邀请巴蜀书社编辑参加第一次编委会议。

二、从柳浪闻莺到桂子山上

——第一批书稿的产生

第一次编委会于 1986 年 5 月在杭州柳莺宾馆

召开。宾馆因位于西湖十景之一的柳浪闻莺而得名。全国高校18个研究所的24名学者和有关人员聚集在这风景胜地,无心观柳,亦无从闻莺,紧张地工作了三天。会上确定了这套普及读物的读者对象是具有中等以上文化程度的广大群众,收书范围是中国历代文史名著,在名著之中选精。所选书目,在原拟89种基础上,调整为116种,以形成系统性。书中选篇之下分提示、原文、今译、注释四部分,以译文为主,书前有一前言,书中加入必要的插图。每一种书约10—15万字。书名确定为《古代文史名著选译丛书》。即由到会的24位学者组成丛书编委会①,由章培恒、马樟根、安平秋三人任主编。于是,编委会立即分成三个工作小组,在会上分头拟出丛书《凡例》、《编写、审稿要求》和《文稿书写格式》,经讨论修改而形成了正式文字以供遵循。在

① 编委会成员按姓氏笔划排列为:
马樟根　平慧善　安平秋　刘烈茂　许嘉璐　李国祥
金开诚　周勋初　宗福邦　段文桂　董治安　倪其心
黄永年　章培恒　曾枣庄(以上为常务编委)
王达津　吕绍纲　刘仁清　刘乾先　李运益　杨金鼎
曹亦冰　常绍温　裴汝诚(以上为编委)

自报的前提下，会上确定了由18个研究所承担前40部书的今译任务，要求当年年底完成。古委会主任、丛书顾问周林同志对编委会的认真精神、紧张工作和显著效率十分赞赏，他说："有这样一个编委会，有这样一个阵容来做选译，使中国历史文化不成为专属于少数人的知识，使能看报纸的人都读懂自己民族的名著，从而树立爱国主义、建设有民族特色的精神文明，其意义之深远将会在今后愈益显露出来。"于是，有1000余万字的大工程便从这里开始了。

当年年底各研究所的今译书稿经作者完成后，由在该所的编委审改，到1987年5月和7月，先后在复旦大学、北京大学两次召开编委审稿会。这种审稿会，说是审稿，实际上是边审边改，字斟句酌，每部书稿必须经一位编委、一位常务编委审改把关，经过这样两道工序，汇总到主编手中，40部书稿通过了25部。其中部分书稿赶印了样稿征求意见。于是周林同志于7月6日在北大临湖轩邀请了在京十几位专家与正在审稿的编委一起研究样稿，探讨如何提高这套今译丛书的质量。

根据编委审稿发现的问题和在京专家们的意

见，丛书亟需在已定体例的框架中条列细则；而出版单位巴蜀书社又希望所出版的第一批书为50种以便形成格局，需要布置各研究所承担新的今译任务。这样，1987年10月在华中师范大学再次召开了编委会，又请了詹锳、周振甫、刘乃和、郭预衡等先生到会指导。

这次编委会是在审看了40部书稿后，发现了一大批问题亟待解决，又是在需要布置下一步任务的状况下召开的，是一次承上启下的编委会。会议初期人们的心情和会上的气氛都带有一股子严峻与急切。会议从5日到8日开了三天半。但是在4日晚上开预备会的时候，主编章培恒先生尚未到会，亦无他是否已从上海出发的信息。5日上午就要开会了，主编不到怎么行呢？5日一早，我们还在沉睡之中，忽听有人敲门，进来的竟是章培恒！一向风神儒雅、衣装考究的章培恒先生，此时却是一身尘灰、满脸疲惫地站在我们面前。原来他从上海出发前，未能买到机票或船票，而上海到武汉又没有直达火车，只好先从上海坐火车到长沙，为了不误5日上午开会，他只好买了一张无座票，夜间从长沙出发一直站到武昌。一向走路辨不清方向的章培恒竟然在夜色未退之前一人从车站摸到了华中师大专家楼，也算是奇迹。

这次编委会，从体例的具体要求、书中选篇是否合适、每篇中的提示如何写、注释的繁简和语言的通俗性，到今译的信达雅如何把握，例如李白的“床前明月光，疑是地上霜，举头望明月，低头思故乡”这样通俗的诗是否要翻译，在在都有热烈的争论。感谢编委们的努力和学术判断力，最后终于形成了一个《细则》，一切争论都统一在这个《细则》之上。编委们在思想明确、分得新的任务之后，显出了少有的轻松与喜悦。会议结束正逢中秋节，华中师大的专家楼坐落在武昌桂子山上。入夜，桂子山上举行了赏月茶会，几张方桌，围坐着全体编委和特邀到会专家。天上明月如盘，清辉洒地，眼前桂树葱茏，桂花飘香，华中师大古籍研究所的青年们活跃席间，引得王达津先生即席赋诗，刘乃和先生清唱京戏。这气氛预示着《古代文史名著选译丛书》克服了当前的困难，第一批50种书稿有如母腹中的胎儿，快要降生了。

三、华清池畔的愁云与人民大会堂的欢欣

——第一批书出版的柳暗花明

1988年10月，编委们再一次聚会，审定第一批

50种中的最后十几部书稿、修改第二批50种中的大量书稿。这次审稿是在“东枕华山、西拒咸阳”的骊山脚下、华清池滨的一家招待所。这里古朴而不豪华，食宿低廉却又实惠，审稿之余，左近有风景可观，有古迹可寻，房内有43℃的温汤沐浴，编委们平日在校教学、科研工作劳累而生活清苦，如今有这样的环境与条件，感到少有的惬意。我们作为主编觉得这也是对编委们两年来辛勤编书的一点补偿。但这种适意之感很快就被两件事所驱散。一件事是书稿的质量。几十部书稿交来，一经审看，从注译到体例完全合格的只有寥寥可数的三四部，余下的，或需小改，或需大改，或根本不合格需退回重作。另一件事是出版发行成了问题。到会的巴蜀书社副社长黄葵同志向大家通报了即将印出的16本书征订情况，最多的为2000册，且只有一种，其他的只有800册、600册，甚至还有200余册。征订不佳，销路不畅，出书要赔钱，出版社为难，编委们又无计可施。此时哪还有心思去观赏“骊山云树郁苍苍，历尽周秦与汉唐”？也无心绪登上骊山，在烽火台前怀古。且正值“楼台八月凉”的节令，只有华清池畔秋雨飘零，秋风瑟瑟，落叶满地，不禁愁从中来。

愁则愁，还得面对现实。书稿质量不高，靠到会近20位编委十余天的逐字逐句修改，终于改定合格17部。至于出版发行问题，巴蜀书社的朋友费心经营，重新设计了封面，改进装帧，将第一批50种装成一个大礼品盒，成盒出售。从中又得到了国家新闻出版署、四川省出版局、国家教委有关司局和各省市教委的大力支持与帮助，发行面得以扩大，到了1990年下半年，首印的17000套书销售已尽，而问讯、索购者不绝，出版社决定再印30000套以供读者需要。中央领导了解到这套丛书受到读者欢迎，欣然为丛书题辞，江泽民总书记的题辞是“做好我国古代文史名著的传播普及工作，使其古为今用，以发扬爱国主义精神”，李鹏总理的题辞是“弘扬民族优秀文化，激励爱国主义精神”。李瑞环同志也为丛书题了辞。

1990年8月22日在北京人民大会堂召开了《古代文史名著选译丛书》出版座谈会。国家领导人李铁映、胡乔木、李德生、陈丕显、廖汉生、王汉斌、王光英出席，古委会主任周林同志主持会议，到会各阶层代表在发言中从不同角度肯定了这套书对促进青少年了解历史、了解国情、了解中华民族优秀传统文化、进行爱国主义教育的作用。时值盛夏，却逢喜雨，洗却了编委和出版社同志心中的忧虑，参加大会堂座谈会的13名常务编委会后又聚集在北京大学讨论深入认识编纂这套丛书的重大意义，研究审改好第二批书稿的具体措施。

四、从舜耕山庄耕作到乐山脚下

——第二批书稿审定之艰辛

第二批书稿50种50册，是1987年10月布置的。1988年10月在西安审改合格的17部书稿都已放入第一批中以替换原已通过的第一批中质量较差的书稿。这样，第二批书稿当时余下的已完成的有20余部，却都不合格，只能要求译注者和编委再行修改。一年之后，编委会汇总来重新改好和新译注交来的第二批书稿44部，1989年10月于济南千佛山下的舜耕山庄召开了常务编委审稿会。

这次审稿，发现的问题较多。有的选目不当，如有的史书重要人物的传不选却选入无关紧要而又无学习价值的人物传，有的名家的文章名篇不选却选入既无文学价值又无借鉴意义的篇章。有的选译所依据的底本不当，舍弃现有的精校本却用校勘不善的本子。有的虽有根据地改动正文却只在注释中说“原作……据别本改”，而不指明据何本改。有的注释过繁，不利于一般读者阅读；有的注释极简，该注释的地方不注，使广大读者看了译文仍无法理解全文的精妙；而更多的是注释不准确，对一字一词增字为训而歪曲了原意的毛病也较普遍。译文问题更多，有的语义不清，佶屈聱牙，把“三顾频烦天下计，两朝开济老臣心”译为“三顾茅庐频烦为天下大计，两朝事业开济尽老臣忠心”，有的为追求通俗生动把“君何往”中的“君”译为“老兄”。每篇的提示，有的写得很长变成了文章赏析，有的虽短却不中肯綮，用了类似“文革”期间的语言扣几顶大帽子了事。看这样的稿子都觉头痛，改这样的稿子更感艰难。审稿历时 12 天，参加审稿、当时 63 岁的黄永年先生向我们诉苦：“头发掉了一把！”有的编委说，千佛山古称历山，传说舜在这里开垦耕耘，十分艰辛，我们住在舜耕山庄，预示着我们为这套丛书垦荒笔耕，也要历尽千辛。这次审稿，经过审改之后，有 10 部书稿合格，有 11 部需会后再作小的修改方能通过，余下的均需作大的改动或另请人译注。

这次审稿还研究了所选戏曲部分的曲辞如何今译问题，如规定了念白中出现的诗句只注不译，上、下场诗只注不译，注而不译的文字在译文中应予保留以便参读。

到1990年12月，丛书常务编委在广州研究丛书如何体现批判继承精神、如何提高第二批书稿质量时，又有18部书稿完成交来。为了保证书稿质量，使1991年上半年召开的常务编委审稿会得以顺利进行，我们三个主编从广州匆匆赶到北京，用了一周时间审看了这18部书稿，通过了7部，11部退改。当我们看完最后一部书稿碰头研究时，已是12月31日。在1990年一年内，我们仅仅通过了这7部书稿。加上1989年在舜耕山庄通过的10部，也仅有17部，尚差33部方足第二批的50部。

1991年5月，常务编委来到古称嘉州的乐山市，在乐山山腰的八仙洞宾馆继续审改第二批书稿。改稿时间只有十天，要力争将50部推出，其繁重可知。我们在改稿过程中，不禁想到明万历年间嘉州知州袁子让的诗句“登临始觉浮生苦”，想到这套丛书从起步到这次审改已历时5年，当初怎么也没有想到完成这套丛书会是如此的艰辛，真是登临始觉笔耕苦啊！

这次乐山审稿，通过了13部书稿。好在余下的20部书稿只须小改即可在会后交稿，终于在1991年8月将这20部书稿全部改定交巴蜀书社。第二批50部历时近四年终于定稿了。

五、在金陵古都作光辉的一结

——第三批书稿的完成

1990年12月据出版社的要求，这套丛书出齐当为150种，到乐山会上又修正为110种至125种，最后数字的确定根据最后一次审稿结果而定，合格的即入选，不合格的不再修改选入。根据这一共识，今年4月中旬，我们一部分常务编委聚集到六朝古都南京，从已经交来的35部书稿中选择经小改合格的书稿。经过十一天的劳作，选择、改定33部，由到会的常务编委、巴蜀书社的段文桂总编和编委、巴蜀书社的刘仁清副编审带回成都，将经由他们的继续辛苦而使《古代文史名著选译丛书》以133部、1500万字之数呈献给热爱中华文化的读者。

这套丛书从1986年5月起步，历时整整六年，平日繁细工作不计，仅编委大小审稿会就开了12次之多。丛书的发起人、顾问、古委会主任周林同志先后参加了8次审稿会，每次都自始至终和大家在一起，听取审稿情况，了解遇到的问题；当我们遇到困难的时候他为我们鼓劲，当我们感到欣喜的时候他提醒我们不可大意。这次他又和我们一起来到虎踞龙蟠的石头城下，为我们督阵，看我们能否为这套丛书作出光辉的一结。

此时此刻，我们与这次会议的东道主、丛书常务编委、南京大学的周勋初先生漫步在中山陵旁，想到今译丛书已基本完成，自然感到如释重负，但理智却使我们不敢轻松，我们期待着全书133部出齐之后专家、读者的评头品足。

1992年4月26日

（原载《中国典籍与文化》1992年第1期）

古代文史名著选译丛书(修订版)总目

丛书主编:章培恒　安平秋　马樟根

书　名	译注者	审阅者	定价/元
老子注译	张玉春　金国泰	安平秋	16.00
庄子选译	马美信	章培恒	18.00
荀子选译	雪　克　王云路	董治安　许嘉璐	19.00
申鉴中论选译	张　涛　傅根清	董治安	18.00
颜氏家训选译	黄永年	许嘉璐	15.00
论语注译	孙钦善	宗福邦	28.00
孟子选译	刘聿鑫　刘晓东	黄　葵	20.00
墨子选译	刘继华	董治安	14.00
韩非子选译	刘乾先　张在义	黄　葵	19.00
新序说苑选译	曹亦冰	倪其心	25.00
论衡选译	黄中业　陈恩林	许嘉璐	22.00
管子选译	缪文远　缪　伟	董治安	18.00
列子选译	王丽萍	周勋初　倪其心	19.00
韩诗外传选译	杜泽逊　庄大钧	董治安	24.00
盐铁论选译	孙香兰　刘光胜	黄永年	13.00
诗经选译	程俊英　蒋见元	刘仁清	19.00
楚辞选译	徐建华　金舒年	金开诚	15.00
贾谊文选译	徐　超　王洲明	安平秋	17.00
司马相如文选译	费振刚　仇仲谦	安平秋	11.00
文心雕龙选译	周振甫	黄永年	17.00
庾信诗文选译	许逸民	安平秋	18.00

书　名	译注者		审阅者		定价/元
嵇康诗文选译	武秀成		倪其心		18.00
谢灵运鲍照诗选译	刘心明		周勋初		18.00
陈子昂诗文选译	王　岚		周勋初	倪其心	14.00
李白诗选译	詹　锳	等	章培恒		22.00
高适岑参诗选译	谢楚发		黄永年		23.00
元稹白居易诗选译	吴大逵	马秀娟	宗福邦		21.00
柳宗元诗文选译	王松龄	杨立扬	周勋初		18.00
李贺诗选译	冯浩菲	徐传武	刘仁清		20.00
杜牧诗文选译	吴　鸥		黄永年		14.00
李商隐诗选译	陈永正		倪其心		19.00
唐五代词选译	亦　冬		董治安		16.00
唐文粹选译	张宏生		周勋初		18.00
晚唐小品文选译	顾歆艺		平慧善		15.00
黄庭坚诗文选译	朱安群	等	倪其心		18.00
辛弃疾词选译	杨　忠		刘烈茂		24.00
元好问诗选译	郑力民		宗福邦		20.00
宋四家词选译	王晓波		倪其心		16.00
黄宗羲诗文选译	平慧善	卢敦基	马樟根		15.00
吴伟业诗选译	黄永年	马雪芹	安平秋		20.00
方苞姚鼐文选译	杨荣祥		安平秋		20.00
明代散文选译	田南池		马樟根		22.00
顾炎武诗文选译	李永祜	郭成韬	刘烈茂		23.00
张衡诗文选译	张在义 韩格平	张玉春	刘仁清		16.00
汉诗选译	张永鑫	刘桂秋	金开诚		19.00

书　名	译注者		审阅者		定价/元
阮籍诗文选译	倪其心		刘仁清		15.00
三曹诗选译	殷义祥		刘仁清		22.00
诸葛亮文选译	袁钟仁		董治安		16.00
陶渊明诗文选译	谢先俊	王勋敏	平慧善		16.00
杜甫诗选译	倪其心	吴　鸥	黄永年		17.00
王维诗选译	邓安生	等	倪其心		20.00
刘禹锡诗文选译	梁守中		倪其心		20.00
孟浩然诗选译	邓安生	孙佩君	马樟根		18.00
韩愈诗文选译	黄永年		李国祥		20.00
欧阳修诗文选译	林冠群	周济夫	曾枣庄		20.00
曾巩诗文选译	祝尚书		曾枣庄		19.00
苏轼诗文选译	曾枣庄	曾　弢	章培恒		23.00
李清照诗文词选译	平慧善		马樟根		15.00
陆游诗词选译	张永鑫	刘桂秋	黄　葵		24.00
朱熹诗文选译	黄　珅		曾枣庄		20.00
文天祥诗文选译	邓碧清		曾枣庄		20.00
袁枚诗文选译	李灵年	李泽平	倪其心		20.00
王安石诗文选译	马秀娟		刘烈茂	宗福邦	18.00
二程文选译	郭　齐		曾枣庄		25.00
范成大杨万里诗词选译	朱德才	杨　燕	董治安		26.00
萨都刺诗词选译	龙德寿		曾枣庄		28.00
王阳明诗文选译	吴　格		章培恒		18.00
徐渭诗文选译	傅　杰		许嘉璐	刘仁清	17.00
李贽文选译	陈蔚松	顾志华	李国祥	曾枣庄	17.00

书　名	译注者		审阅者	定价/元
三袁诗文选译	任巧珍		董治安	17.00
王士禛诗选译	王小舒	陈广澧	黄永年	13.00
龚自珍诗文选译	朱邦蔚	关道雄	周勋初	13.00
尚书选译	李国祥 谢贵安	刘韶军 庞子朝	宗福邦	14.00
礼记选译	朱正义	林开甲	宗福邦	22.00
左传选译	陈世铙		董治安	22.00
国语选译	高振铎	刘乾先	黄　葵	22.00
战国策选译	任　重	霍旭东	李国祥	21.00
吕氏春秋选译	刘文忠		董治安	17.00
吴越春秋选译	郁　默		倪其心	19.00
史记选译	李国祥 张三夕	李长弓	安平秋	29.00
汉书选译	张世俊	任巧珍	李国祥	22.00
后汉书选译	李国祥 彭益林	杨　昶	许嘉璐	24.00
三国志选译	刘　琳		黄　葵	18.00
晋书选译	杜宝元		许嘉璐	15.00
宋书选译	漆泽邦	孔　毅	李国祥	19.00
南齐书选译	徐克谦		周勋初	18.00
北齐书选译	黄永年		安平秋	16.00
梁书选译	于　白		周勋初	17.00
陈书选译	赵　益		周勋初	17.00
南史选译	漆泽邦		安平秋	22.00
北史选译	刁忠民		段文桂	20.00

书　名	译注者	审阅者	定价/元
周书选译	黄永年	安平秋	15.00
魏书选译	杨世文　郑　晔	周勋初	22.00
隋书选译	武秀成　赵　益	周勋初	20.00
新唐书选译	雷巧玲　李成甲	黄永年	16.00
旧唐书选译	黄永年	章培恒	16.00
新五代史选译	李国祥　王玉德 姚伟钧	周勋初	18.00
旧五代史选译	贾二强	黄永年	17.00
宋史选译	淮　沛　汤　墨	曾枣庄	20.00
辽史选译	郭　齐　吴洪泽	曾枣庄	21.00
金史选译	杨世文　祝尚书 李文泽　王晓波	曾枣庄	21.00
元史选译	樊善国　徐　梓	马樟根	25.00
明史选译	杨　昶	李国祥	20.00
清史稿选译	黄　毅	章培恒	22.00
贞观政要选译	裴汝诚　王义耀	黄永年	18.00
史通选译	侯昌吉　钱安琪	周勋初	16.00
资治通鉴选译	李　庆	黄永年	16.00
续资治通鉴选译	徐光烈	安平秋	24.00
通鉴纪事本末选译	谈蓓芳	章培恒	21.00
洛阳伽蓝记选译	韩结根	章培恒	22.00
梦溪笔谈选译	李文泽	曾枣庄	20.00
徐霞客游记选译	周晓薇　等	黄永年　马樟根	17.00
宋代笔记小说选译	朱瑞熙　程君健	金开诚等	19.00
关汉卿杂剧选译	黄仕忠	刘烈茂	24.00

书　名	译注者		审阅者		定价/元
明代文言短篇小说选译	黄　敏		章培恒		23.00
六朝志怪小说选译	肖海波	罗少卿	刘仁清		21.00
世说新语选译	柳士镇	钱南秀	周勋初		23.00
水经注选译	赵望秦 张艳云	段塔丽	许嘉璐		19.00
唐人传奇选译	周　晨		曾枣庄		24.00
唐五代笔记小说选译	严　杰		周勋初		21.00
大慈恩寺三藏法师传选译	贾二强		黄永年		18.00
宋代传奇选译	姚　松		周勋初		22.00
聊斋志异选译	刘烈茂 欧阳世昌		章培恒		22.00
阅微草堂笔记选译	黄国声		安平秋		16.00
清代文言小说选译	王火青		周勋初		23.00
历代名画记图画见闻志选译	周晓薇	赵望秦	黄永年		17.00
容斋随笔选译	罗积勇		宗福邦		20.00
唐才子传选译	张　萍	陆三强	黄永年		24.00
西厢记选译	王立言		董治安		20.00
元代散曲选译	彭久安		刘烈茂	金开诚	21.00
日知录选译	张艳云	段塔丽	黄永年		22.00
桃花扇选译	张文澍		章培恒	段文桂	15.00
牡丹亭选译	卓连营		章培恒		14.00
长生殿选译	戚海燕		董治安		20.00